illisibilité partielle

Couverture supérieure manquante

Original en couleur

NF Z 43-120-8

VALABLE POUR TOUT OU PARTIE DU
DOCUMENT REPRODUIT

COUVERTURE INFERIEURE D'IMPRIMEUR

L'ORPHELIN ALLEMAND

2e SÉRIE IN-8°.

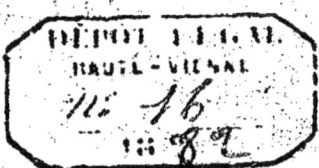

L'ORPHELIN
ALLEMAND

TRADUIT OU IMITÉ DE SALZMAN

PAR M. DE MARLÈS

QUATRIÈME ÉDITION.

LIMOGES

EUGÈNE ARDANT ET C⁰, ÉDITEURS.

AVERTISSEMENT.

L'auteur de cet ouvrage, C. G. Salzman, jouit d'une réputation acquise par de longs travaux, consacrés principalement à l'instruction et à l'amusement de la jeunesse. Sous le voile d'une fiction intéressante, il sait offrir constamment à la classe nombreuse de ses lecteurs les salutaires leçons d'une morale pure, appuyée sur la religion. Dans son *Orphelin allemand,* il a voulu surtout faire ressortir les avantages d'une bonne éducation. Ce but avait été clairement indiqué par l'auteur, qui annonça dès les premier mots qu'il écrivait spécialement *pour l'instruction du peuple.* Mais le succès de ce livre, à sa publication, le plaisir qu'éprouvèrent à sa lecture les jeunes gens même pour lesquels il n'était point

fait, d'autres considérations encore, engagèrent
Salzman à donner de son *Orphelin* une édition
nouvelle, dans laquelle pourtant il supprima,
comme il le dit lui-même, tout ce qui ne pouvait
convenir qu'à la dernière classe du peuple.

Ce n'est point assez pour des lecteurs français,
dont le goût, plus exercé ou plus délicat, pouvait
encore se sentir blessé par des détails que l'auteur a laissé subsister, et qui ne seraient ni dans
leurs mœurs ni dans leurs habitudes. Nous avons
cru, dans l'intérêt commun des lecteurs de toutes
les classes, pouvoir nous permettre quelques
changements légers, qui, sans altérer le fond de
l'ouvrage, en rendent la lecture plus agréable,
plus attachante, et cette nouvelle édition est
exempte de tout blâme.

L'ORPHELIN

ALLEMAND.

—⚹—✕✕—⚹—

I

Durant la guerre de Sept-Ans, qui ruina les uns, mutila les autres, et fit tant de veuves et d'orphelins, des hussards prussiens attaquèrent un jour des hussards ennemis. La résistance fut vive et opiniâtre; de part et d'autre on combattit avec acharnement. La fortune, indécise pendant plus d'une heure, parut pendant un instant en faveur des Prussiens, qui s'en aperçurent et redoublèrent d'efforts. Les Autrichiens alors, perdant courage, se débandèrent et s'enfuirent de tous côtés; sourds à la voix de leurs chefs, ils furent vivement poursuivis par les vainqueurs.

Un Autrichien seul resta sur le champ de bataille, préférant la mort à la fuite. Il avait en tête un hussard prussien nommé Blum, et bien que tout couvert de blessures, il se défendait encore avec vigueur. Le Prussien, irrité de se voir si longtemps disputer la victoire, veut terminer le combat par un coup décisif; il pare de son sabre celui que l'Autrichien, réunissant toutes ses forces, a dirigé sur sa tête, et au même instant la pointe meurtrière s'enfonce dans la gorge de son ennemi. L'Autrichien laisse échapper de ses mains l'arme qui l'a trop mal servi; il tombe lui-même sur le sol qu'il baigne de son sang; bientôt il a cessé de vivre. Usant sur-le-champ du terrible droit de la guerre, le hussard prussien s'empare du cheval et de la dépouille du vaincu.

Au moment où il va s'éloigner pour rejoindre son corps,

une voix de femme se fait entendre derrière un buisson
voisin : Attends, barbare, attends!

— Qu'est-ce? dit Blum, en se tournant du côté d'où la
voix est partie.

— Barbare, répète une femme en se montrant, tu as
égorgé mon mari!

— Suis-je pour cela un barbare? repartit Blum. J'aurais
dû peut-être, à ton avis, me laisser tuer moi-même?

— Hélas! j'ai perdu celui qui me soutenait... Que deviendrai-je? Et ce malheureux enfant, ajouta-t-elle en regardant
un tout petit garçon qui pleurait auprès d'elle, qui le nourrira maintenant que son père est mort?

— O mon Dieu oui, il est mort! s'écrie l'enfant d'une voix
que les sanglots entrecoupent. Et il court se jeter sur le
corps sanglant de son père; il couvre de baisers et de larmes ses joues décolorées.

En cet instant l'Autrichien poussa un soupir.

— Ma mère, il vit encore! il respire!

La jeune femme accourt; elle passe la main sous la tête
du mourant qu'elle voudrait rappeler à la vie. Un soupir
s'exhale encore de la poitrine oppressée de l'Autrichien : ce
fut le dernier.

— Plus de ressources! dit la femme tout éplorée, il a
rendu l'âme... C'est toi, cruel, qui l'as assassiné! Tiens,
voilà son enfant; meurtrier du père, sois aussi le bourreau
du fils.

Blum n'était point né méchant; les habitudes militaires et la vie des camps avaient donné à son caractère un
peu de rudesse; mais sous la pelisse du hussard il portait un
cœur sensible et humain. Les plaintes de la mère, les cris
de l'enfant, l'attendrirent.

— Femme, lui dit-il d'un ton ému, si j'ai ôté la vie à ton
mari, je ne l'ai fait, tu l'as pu voir, qu'en défendant la
mienne; je n'avais pas deux partis à prendre. Et cet enfant,
pauvre petit, je le plains! mais que puis-je faire pour lui?
Soldat, je cours tantôt dans mon pays, tantôt chez l'ennemi;

comment en prendre soin? Tiens, ajouta-t-il en lui jetant la bourse qu'il avait prise à son mari, prends cet argent; qu'il le serve : c'est tout ce qu'il est en mon pouvoir de faire pour toi. A ces mots, saisissant la bride du cheval qu'il a conquis, et piquant le sien, il s'éloigne au galop.

Blum ne rejoignit que le soir ses camarades, qui, après une victoire complète, avaient ramené quelques prisonniers et fait un butin considérable. Il s'entretenait avec eux des divers évènements de la journée, chacun parlait des dangers qu'il avait courus, racontait ses prouesses ou celles des autres, donnait un regret à ceux qui avaient péri. Tout en divisant de la sorte, les braves hussards, pour qui dans ce moment les lauriers ne valaient pas un bon souper, faisaient honneur de leur mieux à celui que les paysans leur offraient.

Avant de songer à lui-même, Blum avait commencé par prendre soin de ses chevaux; mais à peine eût-il lavé avec du vinaigre les blessures, ou pour mieux dire les contusions qu'il avait reçues, et partagé le souper de ses camarades, qu'il alla s'étendre sur la paille fraîche pour y prendre un peu de repos. Ce ne fut point pour longtemps; car son tour arriva d'aller en faction à un poste avancé qui faisait face au camp des Autrichiens.

Sa faction durait depuis près d'une heure; il attendait non sans impatience qu'on le relevât, sentant que le sommeil lui était nécessaire. Tout-à-coup il crut voir une ombre se mouvoir sur le route, au pied de la colline : il regarde, il écoute; il ne s'est point trompé, quelqu'un s'avance.

— Qui vive? s'écrie-t-il.

— Amis, répond-on d'une voix presque tremblante.

— Qui êtes-vous? Que voulez-vous?

— Je suis la veuve d'un soldat autrichien, et j'ai un enfant avec moi.

— Où prétendez-vous aller?

Au camp des Autrichiens, où j'espère trouver les anciens camarades de mon mari.

— En arrière! Au camp des Autrichiens? Personne ici ne passe.

— Ah! monsieur le hussard, prenez pitié d'une pauvre femme, d'une étrangère...

— On ne passe pas, vous dis-je. J'ai ma consigne, et je ne saurais la changer.

Après un moment de réflexion, Blum ajoute :

— Ecoutez-moi : si vous voulez attendre qu'on vienne me relever, je vous ferai parler à mon capitaine; il vous accordera peut-être ce que vous demandez.

—Faudra-t-il attendre encore longtemps? Je meurs de froid.

— Non, quelques minutes, et nous partons.

Lorsqu'ils furent arrivés au village, il était plus de minuit. Le capitaine reposait; Blum ne voulut point troubler son sommeil. Il conduisit la veuve, qu'il avait très bien reconnue à la voix, au dépôt des prisonniers autrichiens, et il gagna son logement.

Etendu pour la seconde fois sur la paille, le pauvre Blum ne put s'endormir. Il avait fait mordre la poussière à beaucoup d'Autrichiens, et cela ne l'inquiétait guère. J'ai rempli mon devoir de soldat, disait-il en lui-même; nul reproche à me faire. Ne suis-je pas obligé de combattre les ennemis de mon pays et de mon prince? Puisque Dieu a permis que je devinsse hussard, n'est-ce pas en hussard brave et loyal que je dois me conduire? Ce jour-là Blum faisait le même raisonnement; mais il avait beau dire, il ne se sentait pas la conscience tranquille, il ne pouvait détacher ses yeux des images sanglantes qui le poursuivaient; il voyait toujours devant lui le hussard Autrichien mort, la veuve et surtout le jeune enfant.

Soudain une pensée s'offre à son esprit, il s'y arrête; il pourra réparer, du moins en partie, le mal qu'il a fait, rendre une famille à l'enfant que sa main a privé de son père. Ma femme, dit-il, n'a point d'enfants, et je sais que depuis longtemps elle en désire : je lui envoie celui-ci, c'est comme s'il tombait du ciel.

Cette idée, d'abord vague et fugitive, est devenue fixe et dominante; il ne peut plus rester sur sa couche, et se levant brusquement, il court à la croisée; il voudrait hâter de ses vœux le retour du soleil. L'étoile du matin brillait seule dans les cieux : il se rappelle un cantique qu'il a chanté souvent à l'école de son beau-père (1); il le répète d'un bout à l'autre, le cœur plein de soumission pour les volontés célestes. Oui, c'est Dieu, c'est Dieu lui-même qui me donne cet enfant; je serai son appui, je lui servirai de Père.

Ce parti pris, Blum se sentit plus calme et le sommeil ne lui refusa plus ses pavots : il aurait même dormi plus long-temps, si un de ses camarades ne l'eût réveillé. Allons, dit-il en se levant : courons à nos chevaux, nous irons ensuite trouver la veuve.

Ses chevaux d'abord? dira-t-on peut-être. Oui, sans doute : le cheval est le compagnon, l'ami du hussard; dans les marches, le cheval le porte, lui et son bagage; dans les combats, le cheval le protége par ses mouvements; souvent il l'arrache, par la rapidité de sa course aux dangers qui le menacent. Le hussard aime donc son cheval; c'est en quelque sorte son *alter ego*, un autre lui-même.

Blum se rendit sans délai auprès de ses deux chevaux. Le blanc se mit à hennir dès qu'il aperçut son maître. Oh! je ne t'avais point oublié, lui dit le hussard en le caressant; puis s'adressant au cheval noir qu'il avait gagné au péril de sa vie, et le frappant doucement de la main : Et toi, brave autrichien, lui dit-il, te plairas-tu parmi nous? Je l'espère; va, nous deviendrons bons amis.

— Bonjour, madame, dit en arrivant le hussard ; me reconnaissez-vous ?

— Ah! grand Dieu! je ne vous connais que trop, méchant Prussien... Ah! monsieur, excusez-moi.

(1) *Wic Schoen Leuchtet der morgenstein, etc.*
L'étoile du matin brille d'un doux éclat, etc.

— Bon, bon, ne parlons plus du passé. Savez-vous ce qui m'amène ? Je viens vous demander si vous avez bien réellement l'intention de me donner votre enfant.

— Oh ! bien réellement. Si vous voulez le prendre, je vous l'abandonne ; à la garde de Dieu.

Blum fut un peu surpris de cette réponse ; quoiqu'il la désirât, il l'attendait moins vite. Etait-ce bien une mère qui consentait si aisément à se priver de son enfant en faveur d'un étranger qui ne semblait pas promettre pour lui de grands avantages ? D'un autre côté, il présume qu'elle est malheureuse, et qu'elle craint peut-être de ne pouvoir donner du pain à son fils. Il l'interroge.

— Vous n'avez donc point de parents qui...

— Qui puissent prendre soin de l'enfant ? Oh ! pardonnez-moi ; s'ils le voulaient ! mais ils ne le voudraient point. C'est contre leur gré que j'ai épousé mon mari ; ils ne me l'ont jamais pardonné, et de mon côté je n'oserais paraître devant eux.

— Quoi ! vous croyez qu'ils puniraient votre fils des torts de sa mère ?

— J'en suis certaine.

— Et les parents de votre mari ?

— C'était un enfant de troupe ; il ne m'a jamais parlé de sa famille.

— Eh bien ! n'y pensons plus ; je viens au fait : ma femme n'a point d'enfants, le vôtre lui en tiendra lieu, et avec le secours de la Providence, nous l'élèverons. Comment s'appelle-t-il ?

— Joseph.

— Viens dans mes bras, mon petit Joseph ; je veux être ton père.

Pour toute réponse, l'enfant poussa un cri d'effroi.

— Oh ! ma mère, ma mère, ne me donne pas à cet homme. Il me fait peur. Et il enlaçait de ses petits bras le corps de sa mère.

— Eh bien ! qu'est-ce que cela veut dire ? répondit la

mère d'un ton assez dur; ce monsieur ne te fera point de mal. Et elle chercha à se dégager de ses étreintes.

— Il me tuera, reprit Joseph en pleurant; vous m'avez dit que les Prussiens étaient tous.....

Un regard courroucé de la mère empêcha Joseph de continuer. Alors elle le prit par la main, et, malgré sa vive résistance, elle le remit à Blum.

— Il est à vous, dit-elle froidement; je vous cède sur lui tous mes droits.

Blum ne voulut pas en entendre davantage; il s'intéressait à l'enfant, désormais orphelin; mais le froid égoïsme de la mère lui faisait mal : il ne pouvait se rendre compte de cette indifférence qu'elle montrait pour son fils. Pauvre Joseph! pensait-il, tu n'as plus ni père ni mère; c'est à moi de te dédommager de ce que tu perds. Et il entraînait l'enfant vers son logement.

Joseph se débattait, criait, pleurait; non qu'il regrettât beaucoup sa mère, qui le maltraitait souvent, mais il craignait les Prussiens.

— Quel petit démon! disait Blum tout en cheminant. — Allons, mon enfant, prends courage; quand nous nous connaîtrons mieux... — Ah! dis-moi, tu n'as point déjeuné? En arrivant, ce sera là notre première affaire. — Tu ris! bien, c'est bon signe.

Tout autre que Blum peut-être aurait adressé à Joseph un petit discours bien moral, bien instructif; ensuite il l'aurait pris dans ses bras, pressé contre sa poitrine, comblé de caresses; tout cela aurait pu faire une scène d'attendrissement et de larmes : mais Blum n'aimait ni les grandes phrases, ni la pantomime sentimentale. L'homme de bien, c'était là une de ses maximes, ne dit pas ce qu'il doit faire, il le fait. — Je sais, moi, ce qu'il faut, disait-il, pour apprivoiser cet enfant, qui ne me semble pas élevé merveilleusement. Et sans crainte de s'égarer, Blum avait marché droit au but.

— Vous voulez me donner à déjeuner? dit le jeune orphelin, en séchant ses pleurs.

— Oui, sans doute; est-ce que par aventure tu n'aurais point d'appétit?

— Au contraire, monsieur, j'en ai beaucoup.

— Voilà parler, cela. Que veux-tu donc pour ton déjeuner?

— Je mangerais bien une saucisse.

— Une saucisse? tu en auras. Madame, veuillez me procurer deux saucisses; voilà de l'argent.

— J'aurai une saucisse tout entière, pour moi seul? Et les yeux de Joseph brillaient d'allégresse.

— Oui; et, de plus, un grand morceau de pain blanc.

— Ah! quel plaisir! mon père ne m'en donnait jamais qu'une moitié.

Joseph, comme on peut le voir, semblait être fort mal élevé; sa mère lui avait laissé prendre des habitudes grossières dont il ne s'était pas défait en grandissant. Il n'avait d'autre plaisir que celui de manger lorsqu'il ne dormait pas; aussi la promesse d'une saucisse entière lui plut-elle tant, que faisant trêve à ses regrets et à ses craintes, il donna toute sa confiance au bon hussard prussien.

Cependant les deux saucisses étaient sur le gril; Joseph ne les perdait point de vue; il se penchait sur elles, cherchant à humer la vapeur qui s'en exhalait, comme avant-goût du plaisir qu'il attendait.

Quand l'hôtesse les eut servies, Blum s'assit auprès de la table; et montrant de la main une chaise à Joseph : Place-toi là, mon petit, lui dit-il, et déjeune. Mais à peine a-t-il planté sa fourchette dans la saucisse, que le son de la trompette appelle les hussards auprès de leurs chevaux, qu'il faut seller et brider sans délai. Blum se lève et sort; Joseph ne se dérange point. Il dévore la saucisse plutôt qu'il ne la mange; il se serait bien accommodé d'une seconde : celle du hussard est toute prête; il la convoite; ses yeux sont attachés là... Oh! s'il osait... le plat est dans ses mains; y touchera-t-il?

— Holà! eh! jeune homme, s'écrie Blum, qui rentre fort à propos dans la salle, je crois que tu en veux à mon déjeuner! Sur ma foi, tu ne l'auras point; chacun son tour. Il s'empare assez brusquement du plat et de la saucisse. Joseph sent qu'il a mal fait; il cherche à s'excuser.

— C'était seulement pour la voir, dit-il un peu embarrassé.

— Pour la voir, à la bonne heure.

Blum fit à peu près comme Joseph; en une minute sa saucisse et son pain disparurent. C'est qu'il était pressé, très pressé; d'un instant à l'autre le boute-selle pouvait se faire entendre, il fallait partir. Qu'allait devenir Blum avec cet enfant?

II

Toutes les troupes cantonnées dans le village avaient disparu. Joseph est resté seul, debout sur ses pieds, ne sachant que faire ni quel parti prendre. Une idée lui vint pourtant à l'esprit; ce fut de retourner auprès de sa mère; mais où la retrouver? Il sort de la maison, se met à parcourir le village, et demande sa mère à tous ceux qu'il rencontre. Les uns ne l'écoutent pas; les autres rient; quelques-uns le regardent d'un air de compassion, disant : Pauvre enfant! et passent leur chemin. Enfin une jeune fille, touchée de ses pleurs, lui demande comment sa mère s'appelle.

— Elle s'appelle Barbe?

— Barbe? je ne connais personne ici de ce nom. Tu es sans doute le fils d'un soldat; mais tous les soldats sont partis avec leurs femmes : les vois-tu là-bas?

Joseph, sans répondre, se mit à courir de toutes ses forces du côté par lequel les soldats s'en allaient; mais ceux-ci étaient à cheval, ils allaient grand train, et bientôt Joseph cessa de les voir. Quand il comprit qu'il ne pouvait les atteindre, il se prit à pleurer amèrement, ce qui ne lui servait de rien. Il était d'ailleurs si fatigué; et la faim se faisait sentir.

Il entra dans le premier village: un vieillard se tenait debout sur le seuil de sa porte :

— Voulez-vous, dit-il, me faire cuire une saucisse? — Je ne fais point cuire de saucisses, lui répondit en riant le vieillard; mais si tu en veux une, va-t'en à cette maison où tu vois suspendu sur la porte un mouton rouge.

Joseph court aussitôt au Mouton-Rouge, et il fait à l'hôtesse la même demande.

— Je veux bien, lui dit-elle, te donner une saucisse, excellente même et bien grosse; mais as-tu de l'argent pour la payer?

— De l'argent? oui, j'en ai; et Joseph fait briller aux yeux de l'hôtesse un ducat que Blum lui avait donné en se séparant de lui; celle-ci prend tout-à-coup l'air et le ton le plus gracieux.

— Sais-tu, mon fils, combien vaut ta pièce?

— Non, on ne me l'a pas dit.

— Je te le dirai, moi : c'est une pièce de deux gros (1); donne-la moi, et tu auras une bonne saucisse grillée, une tartine de pain blanc, et un verre de bière que j'ajouterai par-dessus le marché.

Joseph, au comble de ses vœux, donna sans hésiter, sa pièce d'or, et il se régala délicieusement de la saucisse qu'il ne croyait pas trop payée.

— Maintenant, lui dit l'hôtesse lorsqu'il eut fini, tu peux continuer ton chemin; si tu restais ici plus longtemps tu ne pourrais arriver de jour; tu n'as qu'à prendre la route à gauche, en sortant du village; puis tu marcheras toujours droit devant toi, et tu arriveras à Grosbileben de bonne heure. Il y a une auberge où tu seras bien reçu, si tu as encore des pièces de deux gros. Joseph fit signe de la tête qu'il n'en avait plus, et l'honnête hôtesse fit semblant de ne pas s'en apercevoir

(1) Le gros et la 24ᵉ partie du reichstaler de Prusse, qui vaut 3 fr. 65 c. de notre monnaie. Ainsi le gros vaut à peu près trois sols ou quinze centimes. Le ducat vaut onze francs soixante-quatre centimes.

Joseph arriva le soir à l'auberge de Grosbileben, et d'un ton leste et décidé il demanda ce mets favori, pour lequel il paraît qu'il avait un goût à l'épreuve de la satiété. L'hôtesse se mit de suite en train de le servir; la saucisse fut apportée; mais avant de lui permettre qu'il y touchât, elle lui demanda par précaution s'il avait de l'argent. Sur la réponse de Joseph, elle l'accabla d'injures, le saisit par le bras et le mit rudement à la porte. Ni ses prières, ni ses pleurs, ni son désespoir, ne purent rien gagner sur l'esprit de l'inflexible hôtesse. Ce petit malheureux! s'écriait-elle, il prend donc ma maison pour un repaire de mendiants!

Le pauvre Joseph, chassé de l'auberge, s'en allait se lamentant par tout le village : personne n'avait pitié de lui. Il se trouva pourtant une vieille femme qui lui offrit un morceau de pain qu'il accepta.

La nuit était fort noire. Joseph marchait au hasard sans trop savoir où il allait. Il entendit les chiens aboyer, et d'abord il s'en réjouit, parce que ces animaux lui annonçaient une habitation; mais bientôt après l'épouvante succéda au plaisir qu'il avait eu. Deux de ces animaux s'élancèrent sur lui. A ses cris perçants, le maître des chiens accourut : c'était un berger; il le sauva de leurs dents, mais ce fut pour l'accabler à son tour d'injures et de reproches.

— Se promener seul ainsi dans les champs au milieu de la nuit! il y a là-dessous quelque chose. Je vois ce que c'est : tu appartiens à une bande de voleurs, tu en voulais à mes moutons, petit coquin, ou tu venais peut-être, envoyé par les tiens, voir si mes chiens faisaient bonne garde. Eh bien! dis-leur qu'ils y viennent, je les attends.

Joseph ne comprenait pas trop ce que le berger voulait dire; il sentait seulement qu'on le menaçait. Alors il raconta son histoire, ce qu'il ne fit pas sans verser bien des larmes. Le berger, touché de compassion, permit au malheureureux enfant de passer la nuit dans sa cabane.

Celui-ci avait parlé de la femme d'un hussard chez aquelle il se rendait, et dont le nom était écrit sur un morceau de papier qu'il tenait dans sa poche. Le lendemain matin, le berger voulut voir ce papier. — Brémendorf, dit-il, j'en ai entendu parler, bien rarement pourtant; c'est loin d'ici. Allons, n'importe; tu dois continuer ton voyage, et prendre garde surtout à ce morceau de papier qu'il ne faut point perdre. Voilà du pain ; adieu, bon voyage.

Joseph prit le pain, et partit sans mot dire, sans adresser le moindre compliment au berger qui l'avait accueilli dans sa chaumière, et partagé avec lui ses petites provisions. Ce n'était pas dans Joseph de l'ingratitude, c'était de la rusticité. Le berger secoua la tête, ce qui voulait dire : Ah! je crains bien de n'avoir obligé qu'un mauvais garnement. Mais lorsque Joseph eut fait quelques pas, il le rappela par ces mots : — Holà! petit garçon, reviens; je veux te donner quelque chose.

— Me donner quelque chose, pensa Joseph en lui-même; quelque chose à manger ? et il revint tout joyeux vers la cabane. Ce ne fut pas ce qu'il attendait; le berger le saisissant par les deux oreilles : — Mon petit ami, lui dit-il, retiens bien ce que je vais te dire : un enfant ingrat ne sera jamais qu'un méchant homme. Si tu rencontres sur ta route quelqu'un qui te fasse du bien, montre-toi au moins reconnaissant, et ne le quitte pas sans l'avoir remercié.

— Je vous remercie, dit Joseph, tout rouge de honte ou de dépit; et profitant de la liberté que le berger a rendu à ses oreilles, il s'éloigne en courant. Mais où va-t-il ? il n'en sait rien; il se laisse aller où ses pieds le portent.

Après quelques heures de marche, il se sentit de nouveau pressé par la faim. Comment l'apaisera-t-il? Le pain qu'il a reçu le matin a été dévoré chemin faisant; il n'a plus d'argent, et il sait maintenant que sans argent on ne lui donnera point de saucisses; il ignore encore l'art de mendier, mais il a vu quelquefois son père et sa mère marauder dans les champs : il maraudera, si l'occasion se présente.

Ah! voilà justement un beau champ de navets. Joseph s'approche, se baisse, arrache un navet et le mange. Il va

recommencer; mais une femme qu'il n'avait point vue s'a-
vance tout doucement par derrière, le prend par les cheveux de la main gauche, le secoue un peu vertement, et
laissant tomber de la droite un déluge de soufflets qui s'ap-
pliquent à merveille : — Attends, fripon, attends, je veux
t'apprendre ce qu'on gagne à voler mes navets!

Ce ne fut pas sans peine que Joseph parvint à se dégager; ce ne fut même qu'aux dépens d'une portion de sa
chevelure qui resta dans les mains de la maîtresse du champ.

Jusque là Joseph n'avait songé nullement à l'avenir; et,
malgré ses dix ans, il s'était peu mis en peine du lendemain. Maintenant il éprouve une vive inquiétude; l'hôtesse
de Grosbileben, les adieux du berger, sa dernière aventure,
tout lui dit qu'on ne reçoit guère des autres que les services qu'on peut payer. Où passera-t-il donc la nuit? de qui
recevra-t-il un chétif morceau de pain? Encore si dans ces
campagnes, où les ténèbres vont bientôt se répandre, il
apercevait une habitation, une pauvre cabane? Mais vainement il regarde autour de lui, il ne découvre rien; il est
donc obligé de doubler le pas, afin de pouvoir arriver au
village où se terminera la seconde journée de son voyage,
si toutefois il obtient l'hospitalité.

On lui a indiqué une auberge; il s'y rend, et il conjure
l'hôte de le recevoir dans sa maison. — As-tu de l'argent
pour payer ton lit? dit l'hôte d'un ton plus que rude. —
Non, répond Joseph; mais ce non, il le prononce avec un tel
accent de tristesse, ses yeux expriment si bien la douleur
et la crainte, son attitude est si humble, si instamment sup-
pliante, que tout autre qu'une aubergiste aurait senti la
piété dans son cœur.

— Tu n'as point d'argent, et tu veux que je te loge? ré-
plique-t-il froidement; cela n'est pas possible.

Alors Joseph se mit à pleurer amèrement. — Je vais donc
mourir de froid! s'écrie-t-il avec l'accent le plus déchirant.

— Arrange-toi, dit l'aubergiste; et il ferme la porte de sa
maison.

Il y avait dans la salle commune un invalide prussien qui avait perdu la jambe gauche à la bataille de Prague, et l'avait remplacée par une jambe de bois. Il n'ignorait pas sans doute combien il est pénible de passer la nuit sans abri et l'estomac vide. Les plaintes de Joseph l'avaient ému.

— Monsieur, dit-il à l'aubergiste, laissez entrer ce pauvre enfant; je payerai sa dépense.

— C'est différent, dit l'hôte; qu'il soit le bien-venu. J'aime beaucoup sans doute à me rendre utile, mais il faut qu'on me paye. Il n'y a que la mort qui ne coûte rien, comme dit le proverbe.

Joseph, introduit dans la salle, fut placé près de son protecteur, qui lui fit donner quelques aliments dont il avait grand besoin.

Quand il eut soupé, il n'oublia pas de dire à l'invalide :
— Mon bon Monsieur, je vous remercie.

L'invalide se mit à sourire et à questionner Joseph, qui ne manqua pas de parler du papier que Blum lui avait donné.

— L'as-tu conservé, ce papier ? montre-le moi.

Joseph obéit. Après avoir lu :

— C'est bien singulier, dit l'invalide. Dis-moi, mon enfant, quelle mine a le hussard de qui tu tiens cet écrit?

— Quelle mine ? je ne sais pas trop; j'ai vu seulement qu'il avait une grande moustache rousse, et puis un long nez tout tortu, tout bossu.

— La moustache, le nez, c'est cela; mais n'as-tu pas remarqué autre chose encore sur son visage?

— Ah ! oui, monsieur; une grande cicatrice sur la joue droite, comme d'un coup de sabre.

— Oh ! c'est cela, de point en point. Mon petit ami, je vais, ainsi que toi, à Brémendorf; veux-tu être mon compagnon de voyage?

— Je le veux bien, monsieur; mais est-ce que vous me donnerez aussi quelque chose à manger?

— Sois tranquille; tu ne manqueras de rien. Va, tu peux ce soir dans tes prières remercier Dieu de la faveur qu'il t'a faite en te conduisant en ce lieu. Sans moi probablement tu n'aurais pu trouver le village de Brémendorf, et tu serais mort de misère en route.

Joseph n'avait jamais entendu parler de Dieu : il ne pouvait le remercier ; mais plein pour l'invalide d'un sentiment qu'il éprouvait pour la première fois, la reconnaissance, il prit sa main qu'il pressa dans les siennes, et il répéta avec beaucoup d'expression : — Monsieur, je vous remercie. Il ne pouvait en dire davantage, car toutes ses formules de remerciment se bornaient à ces deux mots.

Le lendemain l'invalide et Joseph se mirent en marche assez gaîment. Le premier avait une physionomie franche et honnête qui prévenait en sa faveur. Aussi, lorsqu'à défaut d'auberge dans les villages, il était obligé de demander aux habitants l'hospitalité, on l'accueillait toujours avec bienveillance, et non-seulement on refusait de recevoir le prix de sa dépense, mais encore on avait soin de remplir son sac de provisions, afin, disait-on, qu'il pût déjeuner en route ; ce qui faisait tressaillir le cœur de Joseph, qui, conservant toujours sa gloutonne gourmandise, ne semblait s'occuper que de ce qu'il mangerait dans la journée. Joseph était heureux surtout lorsque parmi les dons des honnêtes villageois il apercevait quelque morceau de *saucisse* qu'il aimait par-dessus tout.

Le troisième jour, c'était un dimanche, nos voyageurs arrivèrent de bonne heure à un village où ils s'arrêtèrent. Avant d'aller plus loin, dit l'invalide, rendons-nous à l'église pour rendre grâces à Dieu de ses bienfaits, et le prier de continuer à les répandre sur nous.

— Dieu ! répondit Joseph, je ne sais pas comment il faut le prier ; je ne le connais pas.

— Quoi ! ton père et ta mère ne t'en ont donc jamais parlé ?

— Jamais. Il est vrai que ma mère s'écriait souvent : Mon Dieu, prends pitié de moi ; mais elle ne me disait pas qui était celui qu'elle invoquait.

— Voilà qui est mal, très mal ! Ecoute-moi, Joseph : tu

as perdu ton père et ta mère ; eh bien! c'est Dieu qui te donne de meilleurs parents dans le hussard Blum et sa femme. C'est Dieu encore qui a permis que tu me rencontrasses, moi qui chaque jour te donne à manger et à boire.

L'invalide était plus instruit que ne le sont en général les gens du peuple ; il sentait fort bien que, pour que Joseph pût l'entendre, il devait se mettre à sa portée. Au moment où il finissait de parler, ils arrivèrent à la porte de l'église. Elle était ouverte, ils entrèrent. On chantait alors le cantique commençant par ces mots : *Ce que Dieu fait, est, bien;* et comme il avait dans sa poche un livre de cantiques, il l'ouvrit à la page où se trouvait celui qu'on chantait, et le présenta à Joseph, qui répondit un peu confus : Je ne sais pas lire.

Aussitôt que les chants eurent cessé, le curé du village monta en chaire, et prit pour texte des instructions de ce jour les premiers mots du cantique : *Ce que Dieu fait est bien.* Parlant des principaux accidents de la vie humaine, il montra qu'ils n'arrivent que par la volonté divine; et en tira cette conséquence que la résignation et la confiance en Dieu sont les premières vertus du chrétien.

« Que de malheurs, mes chers paroissiens, n'avez-vous pas éprouvés depuis quelques mois! dit-il à ses auditeurs d'une voix émue. Vos magasins étaient pleins de denrées, et maintenant ils sont vides; vous aviez des troupeaux nombreux, vous en avez perdu une partie; vos chevaux sont morts de fatigue, vos champs sont ravagés. Combien d'entre vous qui pleurez un fils, un frère, un époux, tombés sous le fer ennemi! Combien de jeunes gens partis sains et saufs et qui sont revenus mutilés! Eh bien! mes amis, il n'en est pas moins vrai que ce que Dieu fait est bien.

Si nous n'avions été mis en ce monde que pour entasser des richesses, pour nous livrer aux plaisirs des sens, pour manger et dormir, nous ne pourrions sans doute regarder comme un bien des privations forcées. Mais ce n'est point pour cela que nous sommes sur la terre ; c'est au contraire pour pratiquer les vertus et pour nous élever jusqu'à Dieu, qui nous a créés. Les malheurs qui nous arrivent ne sont donc que des éprouves que Dieu nous fait subir, afin que nous devenions meilleurs. Ainsi la pauvreté nous fait acquérir la tempérance, l'activité, la résignation, qualités précieuses qui ne vont jamais avec la richesse. Quand les choses qui faisaient notre force viennent à nous manquer, nous cherchons en Dieu un appui plus solide; si les plaisirs terrestres se changent pour nous en amertume, nous levons nos regards vers le ciel, séjour des véritables délices. »

Ces paroles du bon curé, et beaucoup d'autres encore qu'il ajouta, produisirent sur les auditeurs une impression profonde. L'invalide jeta les yeux sur sa jambe de bois, et il versa quelques larmes. O mon Dieu, pensait-il en lui-même, vous pouviez me reprendre la vie que vous m'aviez donnée, mais vous avez voulu que je restasse encore ici-bas pour vous louer et vous bénir! que votre volonté soit faite, car tout ce qui vient de vous est bien.

Joseph en ce moment regarda l'invalide, et le voyant pleurer, il se mit à pleurer aussi.

III

Après qu'ils furent sortis de l'Eglise, l'invalide et Joseph regagnèrent la route de Brémendorf. Tout en marchant, l'invalide cherchait à rappeler à Joseph ce que le curé avait dit, et surtout à le lui faire comprendre. Il n'y parvenait qu'à grand'peine, imparfaitement encore; toutefois Joseph prêtait une oreille attentive; il voulait marquer à son bienfaiteur sa reconnaissance ou sa docilité.

A quelque distance du village, l'invalide s'aperçut qu'il avait perdu son mouchoir de poche; il se disposait à retourner sur ses pas. Joseph le devança, et se prit à courir; au bout d'un quart-d'heure, toujours courant, il revint agi-

tant le mouchoir, et criant d'un air satisfait : Le voici, le
voici.

— Tu m'as fait grand plaisir, mon jeune ami, lui dit l'invalide en lui pressant la main ; allons, tu deviendras, je
l'espère, un bon garçon.

Joseph sourit aux paroles de l'invalide ; pour la première
fois de sa vie, il éprouva combien il est doux de recevoir un
éloge mérité. Aussi se promit-il bien, au fond de son cœur,
d'être toujours complaisant et reconnaissant.

Peu de temps après, les deux voyageurs entrèrent dans
un village d'assez peu d'apparence.

— C'est ici, dit l'invalide, que nous passerons la nuit, si
toutefois nous trouvons qui nous donne l'hospitalité, car il
n'y a point d'auberge.

Ils s'adressèrent d'abord à un paysan qui répondit d'un
ton un peu sec que sa maison était trop petite pour qu'il pût
recevoir des étrangers ; et de peur d'être pressé par les
voyageurs, il se hâta de rentrer chez lui et de fermer la
porte. Ils ne furent pas plus heureux à la maison voisine.

— Je vous recevrais avec plaisir, leur répondit le propriétaire, si je n'étais obligé de partir sans delai pour un village à deux lieues d'ici ; mais on m'attend, et je devrais être
déjà bien loin. Vous trouverez au reste à vous loger ailleurs, je n'en doute pas.

Joseph murmura tout bas entre ses dents : — Voilà des
gens bien peu serviables.

— Y penses-tu ? repartit l'invalide ; ces gens-là sont-ils
tenus à nous loger chez eux ? S'ils nous avaient reçus, nous
aurions contracté envers eux une petite dette de reconnaissance ; mais parce qu'ils nous repoussent, sommes-nous
fondés à nous plaindre ? Ce qu'ils nous ont dit peut être vrai
d'ailleurs. Au fond , j'imagine que le mal ne sera ni bien
grand, ni sans remède ; j'aperçois là-bas une femme à sa
croisée ; son air de bonté me rassure.

En finissant ces mots, l'invalide s'approcha de la croisée,
et demanda l'hospitalité pour lui et son petit garçon.

— Soyez les bien-venus, répondit aussitôt la femme; entrez chez moi, je vais vous recevoir.

Les voyageurs furent reçus comme de vieux amis.

En attendant l'heure du repos, dit la maîtresse de la maison à ses hôtes, vous allez souper; les voyages donnent de l'appétit. N'est-ce pas, mon petit ami, ajouta-t-elle, en donnant un petit coup sur la joue rondelette de Joseph?

Celui-ci ne put s'empêcher de sourire à l'idée d'un bon souper, où peut-être, qui sait, il y aurait un plat de saucisses.

— C'est là votre fils, monsieur? dit la bonne femme à l'invalide.

— Non, madame. C'est un enfant de troupe, aujourd'hui orphelin.

— Pauvre petit! orphelin si jeune! cela fait pitié. Mais voici le souper qu'on vous apporte.

— Madame, dit alors l'invalide, vous êtes trop bonne. Au reste, vous me permettrez, je l'espère, ne vous offrir le payement de....

— Silence, monsieur! dit la maîtresse du logis en se hâtant d'interrompre l'invalide : un de mes fils est soldat, et Dieu permettra qu'on lui rende ce que je suis heureuse de faire pour vous.

— Après le souper, elle conduisit elle-même les étrangers dans une chambre où deux lits se trouvaient dressés. Elle portait sous son bras une chemise de toile neuve; avant de se retirer, elle la donna à Joseph. — Prends cela, mon enfant, lui dit-elle; je veux que tu puisses changer de linge. — Joseph l'en remercia de tout son cœur.

Le lendemain, après déjeuner, on se remit en route. Joseph n'avait pas manqué d'endosser sa chemise neuve; mais avec toute l'imprévoyance de son âge, il avait laissé la sienne dans un coin de la chambre, et il ne s'en était plus inquiété. L'invalide le vit, mais il ne dit rien. Seulement, lorsqu'ils furent arrivés au bord d'un ruisseau dont les bords s'ombrageaient de peupliers et de saules il s'arrêta, se défit

L'Orphelin Allemand, 2

de son havresac, et en tira un ou deux mouchoirs. Joseph ouvrait de grands yeux, cherchant à deviner ce qu'il voulait faire.

— Je veux, dit l'invalide en riant, essayer de mes vieilles habitudes de soldat. Plus d'une fois j'ai lavé mon linge moi-même, afin de l'avoir plus propre. Je n'ignorais pas que la propreté contribue à la santé; que, pour mieux dire, il n'y a pas de santé là où la propreté manque. Le lieu, l'ombrage, la limpidité de ces eaux, tout m'y invite; et je te conseille fort d'en faire autant. Allons, mon ami Joseph, à l'ouvrage.

Joseph fit semblant de ne pas entendre; il se mit à poursuivre un papillon. L'invalide revint à la charge, et Joseph fut obligé d'avouer qu'il avait laissé sa chemise au village.

— Étourdi que tu es ! comptes-tu trouver chaque jour une honnête personne qui prendra soin de ta toilette? Cours vite au village.

Joseph partit sans murmurer, et il fut bientôt de retour.

— Maintenant Joseph, imite-moi.

L'enfant voulait réparer, par sa prompte obéissance, le tort qu'il avait eu; mais jamais ses mains ne s'étaient occupées d'aucun travail. Il s'y prit si gauchement que l'invalide se mit à rire de tout son cœur. Ensuite il lui montra comment il fallait faire, et Joseph finit par se tirer de sa nouvelle besogne.

Cela fait, ils étendirent leur linge sur des buissons, et s'assirent sous un saule; de là, tout en faisant honneur à quelques provisions qui leur restaient, ils s'amusaient à regarder les voituriers et les voyageurs qui passaient sur la route, à peu de distance du ruisseau.

Tout-à-coup, Sparman, c'était le nom de l'invalide, tira son mouchoir de sa poche, et l'arrangeant comme un bandeau, il s'en couvrit la moitié du visage.

— Qu'avez-vous donc, Monsieur? s'écria Joseph inquiet. Auriez-vous mal aux dents?

Au lieu de lui répondre, l'invalide lui fit signe de se taire.

Un vieillard s'avançait à pas lents; il portait une redingote brune. Sparman s'étant levé, marcha de son côté à sa rencontre. Il le salua profondément.

— Voudriez-vous me dire, Monsieur, s'il y a loin encore d'ici au village ?

— Pas très loin; sans ce bouquet d'arbres, vous pourriez bien le voir. En trois petits quarts d'heure vous y arriverez.

— Je vous remercie, Monsieur.

— Puis-je à mon tour vous demander d'où vous venez ?

— De la Bohême.

— Et c'est là peut-être que vous avez éprouvé le malheureux accident qui vous a privé d'une jambe ?

— Justement. J'étais à la bataille de Prague; les boulets y tombaient comme la grêle.

— Que je vous plains! Mais souffrez encore une autre question. Il me semble que je reconnais votre uniforme; n'appartenez-vous pas au régiment de Seidlitz ?

— Oui, Monsieur.

— Mon fils sert dans ce régiment; vous l'avez peut-être connu.

— Comment s'appelle-t-il ?

Mathieu Sparman; brave et honnête s'il en fut jamais.

— Mathieu Sparman ? il fut longtemps mon camarade.

— Vous étiez son camarade? Ah! parlez-moi un peu de lui, je vous prie. Comment se porte-t-il !

— Que me demandez-vous ? Pauvre garçon ?

— Expliquez-vous, de grâce.

— Que vous dirai-je ? le même coup nous a frappés ; il est tombé à côté de moi.

— O grand Dieu! il est mort, mon cher Mathieu! Je ne te verrai plus! toi-même tu ne fermeras pas les yeux de ton père.....

Et le vieillard fondait en larmes.

— Mais pourquoi donc vous désoler ainsi? Vous ai-je dit que votre fils fût mort! Il est tombé; je suis bien tombé aussi, moi; on m'a relevé, porté à l'hôpital, et me voilà;

votre fils n'aura pas été plus malheureux que moi ; il n'est pas défendu d'espérer : et puis, si le ciel a disposé de lui, ce sera peut-être un bonheur pour lui et pour vous.

— Un bonheur ! monsieur, que dites-vous ? Aimeriez-vous mieux qu'il revînt, comme moi, estropié, jambe de bois, ou peut-être manchot, aveugle ?

— Ah ! qu'il eût perdu les bras et les jambes, et qu'il me fût rendu ! On voit bien, Monsieur, que vous n'êtes point père ; vous ne savez pas tout ce qu'il y a de tendresse dans un cœur paternel.

— Quoi ! si votre fils revenait privé de ses membres, ou d'un seulement ?

— Je serais encore le plus heureux des pères.

En disant ces mots, le vieillard levait les yeux et les mains au ciel ; et l'invalide détachait le mouchoir qui lui couvrait le visage. Un instant après le vieillard laissa retomber ses regards sur celui qui lui parlait de son fils.

— Ah ! mon Dieu ! rêvai-je ? est-ce une illusion ? Etranger, parlez : Mathieu Sparman...

— Il est devant vous, mon père, mon excellent père.

Le vieillard, pleurant de joie ouvre ses bras, Sparman s'y précipite ; le père et le fils se tiennent longtemps embrassés.

— Adorons les décrets de la Providence et ses desseins sur nous, s'écria l'honnête M. Sparman, après quelques instants de silence : Si tu avais encore tous tes membres, qui sait à combien de dangers et de fatigues tu serais exposé ? qui sait si à la fin tu n'aurais point succombé ! Avec ta jambe de bois, te voilà libéré à jamais du service militaire, et tu pourras couler encore des jours heureux auprès de ton père et de ta bonne sœur.

Tandis que M. Sparman parlait de la sorte, Joseph s'était approché, les yeux pleins de larmes.

— A qui appartient cet enfant ? dit le vieillard à son fils.

— A moi, mon père.

— Tu t'es donc marié ? Mais, quand cela serait, il n'y a

que six ans que tu nous a quittés, et cet enfant en a dix au moins.

— Mon père, je vous expliquerais tout cela; qu'il vous suffise à présent de savoir que ce pauvre garçon n'a plus de père, que sa mère l'a abandonné, et que Dieu l'a placé dans mes mains. Devais-je refuser l'enfant que Dieu m'envoyait?

— Non, mon fils; et avec le secours de sa providence nous en prendrons soin.

— Je ne vous ai pas encore demandé des nouvelles de ma sœur. Comment se porte-t-elle?

— Très bien, malgré le chagrin que lui cause l'absence de son mari.

— Loué soit le Seigneur! Maintenant reprenons le chemin de la maison; j'y rentrerai plus heureux que le père de l'enfant prodigue. Je retrouve mon fils avec une jambe de bois, il est vrai; mais je le retrouve honnête et sans reproche.

IV

Un prince, après un long voyage, est reçu dans sa capitale avec la plus grande magnificence. La bourgeoisie à cheval marche à sa rencontre; de jeunes filles vêtues de blanc lui offrent des fleurs et les sèment sur son passage; d'autres lui présentent des vers; on le harangue, on le fait passer sous des arcs de triomphe. Est-ce l'affection qui dicte tous ces hommages? Cela se peut encore; mais que cette affection se montre plus vive, plus générale, plus spontanée que ne fut celle dont les témoignages accueillirent Mathieu Sparman, c'est ce dont on peut douter. Il n'y avait rien d'officiel dans ces démonstrations, rien de commandé, et tous les habitants, quittant leurs maisons, allèrent recevoir l'invalide hors du village.

Pourquoi cela? C'est que le maître d'école, le bon monsieur Sparman, était plein de raison, d'honneur et de probité, exact, infatigable dans l'exercice de ses fonctions, cherchant à graver au cœur de ses élèves les principes des vertus qu'il avait pratiquées lui-même durant tout le cours de sa vie. Les deux tiers des habitants élevés par lui l'appellent leur ami, leur père. Cela explique l'empressement qu'ils montrèrent en apprenant le retour de Mathieu ; chacun partagea l'allégresse du vieux père.

La sœur de Mathieu courait en avant; comme personne ne pouvait la surpasser en tendresse, elle ne voulait pas qu'on la surpassât en témoignages de zèle; mais elle était hors d'haleine; quelques mots étouffés s'échappèrent seulement de ses lèvres : *Mon frère!... Mathieu!* L'instant d'après, tout le village arriva. L'un se jetait au cou de l'invalide, l'autre pressait cordialement la main : tous lui parlaient, le questionnaient. Le vieux Sparman n'était pas oublié. — Père Jacob, disait celui-ci, que vous méritez bien le bonheur que le ciel vous envoie ! — Père Jacob, s'écrie celui-là, vous avez retrouvé votre Joseph.

Aux questions dont on accablait l'invalide, il répondait : — Plus tard vous saurez tout. Laissez-moi seulement le temps de respirer, vous aurez celui de m'entendre; je ne vous quitterai plus.

Mais plus on s'approchait du village, plus la foule augmentait avec le nombre des questionneurs; là se voyait tout l'arrière-ban des matrones et des vieillards qui n'avaient pu courir comme leurs enfants, et qui pour cela n'étaient pas moins curieux. Aux vieillards se joignaient encore les passants qui travaillaient dans la campagne, et qui, voyant de loin ce concours extraordinaire sur la route, accouraient pour savoir ce qui l'attirait.

Quand on fut arrivé chez le maître d'école, la plus grande partie des habitants s'en retournèrent chez eux, car ils savaient bien que la maison n'était pas grande, et que d'ailleurs, dans ces premiers moments, Mathieu se devait tout entier à sa famille. D'autres, moins discrets, entrèrent et continuèrent d'assiéger l'invalide et son père. C'était l'heure du repas; la sœur de Mathieu se hâta d'avancer la table, puis elle mit le couvert, et bientôt elle apporta un grand plat de potage. Les étrangers à la famille prirent alors leur parti et se retirèrent, en souhaitant à leurs amis bon appétit.

Après qu'on eut dîné, le vieux Sparman se leva sans rien dire, mais il ne tarda pas à revenir; il apportait un panier plein de belles prunes bien mûres.

— Mathieu, dit-il en les lui présentant, elles te paraîtront bonnes, car elles viennent des pruniers que tu as plantés avant de partir pour l'armée.

— Vraiment, s'écria l'invalide; ah! vous avez raison, elles me sembleront bonnes; rien ne flatte le goût comme le fruit des arbres qu'on a plantés soi-même.

Prenant alors le panier, il distribua les prunes, et n'oublia pas Joseph qui les trouva délicieuses, quoiqu'il n'eût pas planté les pruniers.

Un incident qu'on ne prévoyait pas vint troubler la joie générale; on s'aperçut qu'un nuage de tristesse s'étendait sur le front de la sœur de Mathieu.

— Qu'est-ce qui te prend donc, ma fille? dit le maître d'école.

— Rien, mon père, je vous assure.

— Tu me trompes; mais je devine : tu ne revois pas ton mari.

— Je n'en reçois même aucune nouvelle, ajouta-t-elle d'un ton pénétré.

— Dieu le veut ainsi, ma chère enfant; c'est à nous de nous soumettre. Voudrais-tu maintenant oublier ce que je t'ai dit tant de fois : *Dieu fait bien tout ce qu'il fait?*

Ces paroles du vieillard arrachèrent des larmes à sa fille. Mathieu s'en aperçut; une idée aussi vint l'occuper.

— Joseph, dit-il en jetant les yeux sur l'enfant, je crois voir que les prunes te semblent bonnes; viens avec moi dans le jardin, il y en aura peut-être encore quelqu'une.

Il se leva le plaisir dans les yeux, et suivit l'invalide dans le jardin.

— Tu peux cueillir celles qui se trouvent à ta portée, mais je te défends de monter sur l'arbre, et prends bien garde aussi de casser les branches.

A ces mots, l'invalide s'éloigne, et il rentre dans la salle à manger.

— Ma pauvre sœur, je n'ai jamais rencontré ton mari, parce que nous ne servions ni dans la même arme, ni dans la même division ; mais voici des nouvelles fraîches.

Et, tout en parlant ainsi ; il présente à sa sœur le petit écrit du hussard Blum.

— O mon Dieu ! mon bon Dieu ! c'est de mon mari ! je reconnais bien son écriture et l'adresse : *A madame Louise Blum !* Mais pourquoi n'a-t-il pas écrit quelques lignes de plus ?

— Il allait partir, dit le vieillard qui venait de prendre et de lire le billet ; il ne faut pas l'accuser ; il ne prévoyait pas que le temps lui manquerait ; mais bientôt sans doute il écrira.

Alors Mathieu raconta tout ce qu'il tenait de Joseph. Louise eût bien voulu en savoir davantage ; mais son frère ne savait lui-même que ce qu'il avait dit.

— Tout ce que je vois ici de plus clair, continua Mathieu, c'est que ton mari se portait bien il y a cinq ou six jours, quand il a écrit, et qu'il désire que tu te charges de cet enfant. Il s'agit maintenant de savoir si tu veux le faire.

— Il n'est pas nécessaire de me le demander ; c'est mon mari qui m'envoie Joseph, il faut que Joseph soit traité comme mon enfant. Où est-il ? je cours le chercher.

— Doucement, doucement, dit le père en la retenant par le bras. Vous autres, jeunes têtes, vous faites à l'instant tout ce qui vous vient à l'esprit, sans réfléchir à ce que la prudence commande ; et souvent le repentir vient après. Nous, vieillards à la tête grise, nous réfléchissons d'abord, nous agissons ensuite.

— Faut-il donc, mon père, que je résiste à la volonté de mon mari ?

— Je ne dis pas cela, ma fille; mais, à tout dire, Joseph m'a tout l'air d'un enfant grossier, élevé dans les bois, à qui l'on n'a jamais parlé de religion ni de morale. Si dès ce moment tu le traites comme ton fils, si tu lui prodigues des marques d'affection, il ne manquera pas de s'imaginer que tu lui devais ce que tu feras pour lui; les soins, les vêtements, la nourriture, il n'en aura aucune reconnaissance; peut-être même, se livrant aux impulsions d'un caractère sans frein, il te causera bien des peines et des soucis.

— Quel parti faut-il donc que j'embrasse?

— Écoute-moi. Que Mathieu reprenne le petit papier, et qu'il le rende à Joseph, en lui disant que tu es la femme du hussard Blum. Il l'invitera à te l'apporter, à te prier bien instamment de le recevoir. Qu'il lui laisse entrevoir que cela ne sera pas facile à obtenir de toi. De ton côté, lorsqu'il s'approchera, garde-toi bien de l'accueillir par de folles caresses; prends plutôt un air froid, réservé; déclare-lui surtout bien positivement que tu ne veux le recevoir qu'à l'épreuve, bien décidée à le renvoyer s'il se conduit mal. Ne lui donne pas d'abord un bon lit, mais de la paille fraîche; ne le place point à table auprès de toi, mais laisse-le manger sur le banc, dans ce coin. Qu'il sente bien qu'il a besoin des autres, et que pour avoir droit à leur bienveillance, il faut qu'il s'en montre constamment digne.

Chacun trouva que le maître d'école avait raison. Mathieu, en conséquence, alla chercher Joseph, qui parut bientôt après tenant à la main l'écrit de Blum, et s'approcha timidement de Louise.

— Eh bien! dit Louise, après avoir lu, qu'est-ce que cela signifie? Qui t'a donné ce papier?

— C'est le hussard Blum.... votre mari.

— Que veut-il donc que je fasse de toi?

— Il m'a dit que vous seriez ma mère, et qu'à mon arrivée vous me donneriez une saucisse grillée.

— Une saucisse! cela est possible; mais que je sois ta mère, c'est autre chose. Est-ce que tu n'as pas une mère, toi?

— J'en ai une; mais elle m'a abandonné; elle ne veut plus de moi.

— Elle ne veut plus de toi! Il faut donc que tu sois bien méchant, bien mauvais sujet. Quoi! ta mère te chasse, et tu demandes que je te prenne? Non, certes, je n'en ferai rien. Va, mon ami, tu peux t'en retourner au plus vite.

— Eh! ma sœur, dit Mathieu, songe donc...

— J'ai songé à tout. Que je serve de mère à un jeune vagabond? Si je voulais un enfant, est-ce qu'il n'y en a a pas dans le village.

— Que deviendra-t-il donc, ma sœur?

— Qu'il retourne vers sa mère.

— Sait-il seulement où elle est, sa mère? Si nous le renvoyons, le voilà réduit à mendier son pain de porte en porte, exposé à périr de froid et de misère au milieu des champs.

— Oh! madame, s'écrie Joseph en sanglottant, ne me laissez pas mourir au milieu des champs. Prenez-moi chez vous. Je serai sage, obéissant... je vous aimerai de tout mon cœur......

— Eh bien! passe ici la nuit; je te donnerai un lit de paille, une saucisse même, et demain, si tu es obéissant et sage, comme tu le promets, je consentirai peut-être à te garder, si toutefois mon père le permet.

— A la condition que tu lui imposes, répondit le vieillard je veux bien lui ouvrir la porte de ma maison; mais vous devez savoir savoir mes enfants, que je ne suis pas pressé de recevoir un garçon que sa mère abandonne, et qui vient on ne sait d'où. C'est à lui maintenant à se rendre digne de tes bontés, ma fille; qu'il se montre toujours complaisant, bon, docile, et nous verrons.

A peine le maître d'école eut-il fini de parler, qu'on vit entrer à la file, dans la maison, tous les amis de la famille et les anciens camarades de l'invalide. Bientôt la salle à manger se trouva trop petite. Ce ne fut pas sans peine que les derniers arrivants trouvèrent à se placer. Louise apporte pour aider à passer la veillée, une grande terrine pleine de pois, un jambon et quelques bouteilles de cidre. On but à la santé de l'invalide qui devait bientôt épouser une fille du village nommée Frédérique, du vieux maître d'école, du brave Blum, et de tous les amis présents ou absents. Joseph, assis à l'extrémité du banc, reçut une saucisse et un verre d'eau. — Voici une saucisse, Joseph, lui dit madame Blum, puisque le hussard te l'avait promise; si dans quelque temps je suis contente de toi, au lieu d'eau nous pourrons avoir un peu de bière.

La soirée s'écoula rapidement, au milieu des propos joyeux; il était minuit quand on se sépara. Joseph alla coucher sur la paille, et, comme sur un lit de duvet et d'édredon, il ne tarda pas à s'endormir.

Le père Sparman s'était réveillé de bonne heure; il songeait à Joseph et au plan de conduite à suivre avec lui. Dès qu'il fut habillé, il appela sa fille.

—Je désire m'entretenir avec toi, ma chère Louise, au sujet de cet enfant. Etre nourri, vêtu, c'est tout ce qu'il voudrait, lui; nous lui devons, nous, quelque chose de plus, une bonne éducation : comment la lui donner? voilà ce qui m'embarrasse. Il n'a guère de l'homme que la forme avec l'instinct des animaux. Nous ne pourrons donc pas le conduire comme ces enfants que leurs parents ont déjà dirigés vers le bien; il faut un traitement analogue au naturel qui s'est développé en lui, aux goûts dominants qu'il laisse voir. Ainsi que moi, tu t'es aperçue que manger est pour lui la plus importante affaire, que ce qu'on lui donne il le dévore avec un appétit glouton : or c'est par là que nous devons le prendre.

Louise approuva ce que son père venait de lui dire; elle promit de se conduire en tout par ses sages avis. Elle se rendit aussitôt auprès de Joseph, qui dormait encore et qu'elle dut secouer plusieurs fois; encore paraissait-il peu disposé à se lever. Elle l'attaqua par son faible.

— Joseph, lui cria-t-elle, veux-tu déjeuner?

A ces mots qui flattèrent si doucement son oreille, Joseph se lève, et tout en se frottant les yeux : Où est-il, le déjeuner, répond-il.

— Le déjeuner n'est pas encore prêt, mon ami, répliqua madame Blum ; mais il faut que tu saches quelles sont ici nos habitudes. Nous commençons par nous laver les mains, le visage, la bouche ; ensuite nous travaillons une heure ou deux ; dans l'intervalle, le déjeuner s'apprête ; il nous paraît meilleur lorsqu'il arrive après que nous l'avons gagné. Si tu veux vivre avec nous, tu devras te soumettre à ces arrangements : cela te convient-il ?

Joseph murmura quelque chose qui semblait dire oui.

— Je ne t'ai pas entendu ; il faut parler distinctement.

— Oui, répond-il alors d'une manière très intelligible.

— A la bonne heure ; eh bien ! suis-moi.

Elle le conduisit à la fontaine, et là il reçut d'elle une première leçon de propreté.

Cela fait, elle le fit asseoir auprès d'une table, mit devant lui un plat de lentilles, et le chargea de les trier, de manière qu'il n'y restât ni pierres, ni graines étrangères. — Quand tu auras fini ta besogne, lui dit-elle, je te donnerai à déjeuner.

Joseph se mit à l'ouvrage. Louise alla voir ses vaches, son frère visita les arbres qu'il avait plantés dans sa jeunesse, et M. Sparman se plaça devant son bureau, s'occupant de mettre en règle les comptes de la commune ; car à ses fonctions de maître d'école il réunissait celle de secrétaire de la mairie. Il tournait le dos à Joseph.

Celui-ci, que l'épluchement des lentilles n'amusait pas, se mit à regarder le maître d'école ; et comme le vieillard branlait habituellement la tête, il s'avisa de le contrefaire. Ce ne fut pas tout. Comptant que le maître d'école ne pouvait le voir, il lui faisait des mines, tirait la langue, et répétait toutes les singeries qui sont familières à des enfants grossiers et mal élevés. Joseph ne se doutait pas qu'un petit miroir, placé devant le maître d'école, trahissait tous ses mouvements. Sparman fut d'abord tenté d'éclater et de le punir sévèrement ; mais il se contint, et réfléchit qu'on ne pouvait pas, dès le premier jour, obtenir du malheureux enfant une réforme complète ; il se contenta de lever la main devant le miroir, en guise de menace. Joseph vit cette main, il eut peur, et se tint tranquille. Il reprit alors son travail.

Quand madame Blum entra dans la salle, Joseph se leva, courut au-devant d'elle, l'air tout radieux, en criant : J'ai fini ! j'ai fini !

— Déjà ! répondit-elle ; tu as donc bien travaillé. Mais voyons ce que tu as fait. Voilà certes des lentilles fort propres ; mais sais-tu bien qu'il n'y a pas là le demi-quart de celles que je t'ai données. Qu'as-tu fait des autres ?

— Elles sont là, dit Joseph, en montrant la corbeille où il avait mis ce qu'il appelait les épluchures. La plus grande partie des lentilles s'y trouvait encore.

— Mon petit ami, ce n'est pas ainsi qu'on travaille ; mes lentilles ne dureraient guère si nous les épluchions de la sorte. Tu vas trier de nouveau tout ce que tu as mis au rebut, et ne pas laisser une lentille dans les épluchures. Tu déjeuneras, si tu fais bien ; s'il faut que j'y revienne après toi, tu n'auras point à déjeuner ; à moins que tu n'aimes mieux rompre nos conditions, et aller chercher à déjeuner ailleurs.

Joseph pleura, mais voyant que ses pleurs ne servaient à rien, il se remit aux lentilles, qu'il épluecha très bien, et il reçut son déjeuner.

— Prends cette corbeille, dit Mathieu à Joseph, lorsqu'il eut fini son repas ; puisque ma sœur a été contente de toi, je veux te procurer un petit amusement. Joseph le suivit dans la cour. Là Mathieu se mit à siffler ; aussitôt arrivèrent à tire d'aile une quarantaine de pigeons, devant lesquels Joseph répandit les épluchures des lentilles. Il prit grand plaisir à les voir voltiger, roucouler, s'élancer, s'agacer, se disputer une graine. De son côté, Mathieu se réjouit d'avoir trouvé quelque chose qui amusât l'enfant.

—Joseph, lui dit-il, sois aimable, attentif, soumis envers la nouvelle maman; elle t'aimera, j'en suis sûr; peut-
être te donnera-t-elle même un couple de pigeons.

Joseph sourit à ces mots, et fit réellement le reste du jour
tout ce qui dépendait de lui pour que madame Blum fût
contente. Celle-ci remarqua très bien les efforts de Joseph,
et elle lui en sut gré. Aussi, quand le soir fut venu, elle le
régala, sans qu'il l'eût demandé, d'une belle saucisse grillée, ce qui le rendait le plus heureux enfant du monde.

Quand il eut fini de souper, le maître d'école l'appela près
de lui.

—Maintenant, lui dit-il, c'est à nous de causer un peu; il
faut bien que nous fassions une ample connaissance. Dis-
moi d'abord de quel pays tu es.

—De la Bohême.

—C'est qu'il y a beaucoup de villes dans la Bohême,
beaucoup de villages. Dans quel village, dans quelle ville
es-tu né?

—Je n'en sais rien.

—Comment! ta mère ne t'a jamais rien dit là-dessus?
Tu ne te souviens pas si, quelquefois en parlant.....

—Tenez, la seule chose dont je me souviens, c'est qu'elle
me racontait souvent des histoires bien jolies.

V

—Eh bien! mon père, que ferons-nous de Joseph? dit
l'invalide au maître d'école, après que Joseph fut parti.

—Un honnête homme, je pense. Quelquefois, sans doute,
nous aurons besoin d'indulgence. Les inconvénients de son
caractère pourront se laisser voir encore; mais avec un peu
de patience, nous obtiendrons un heureux résultat. C'est
toi, Mathieu, qui peut lui servir de mentor, lui apprendre
ce qu'il doit faire, ce dont il doit s'abstenir, et pour ainsi

dire le conduire en toute occasion par la main. Si parfois une correction devient nécessaire, n'oublie pas quel est l'enfant qu'il te faudra punir. Tu sais qu'il ne voit, qu'il ne sent d'autre bonheur sur la terre que celui de manger de bonnes choses ; c'est par là, je le répète, qu'il faut le prendre.

Toi, Louise, tu veilleras à ce qu'il soit toujours occupé ; ne lui donne jamais à manger que sa besogne ne soit faite. Quand tu seras très contente de lui, tu ajouteras quelque chose à son déjeuner.

Quant à moi, au lieu de conseils qu'il n'écouterait ou ne comprendrait pas, je me réserve de lui raconter de temps en temps quelque historiette dont il se puisse faire l'application à lui-même. Dès que nous l'aurons amené au point de réfléchir, et que nous le verrons prendre confiance en nous, nous le traiterons avec moins de rigueur.

Cependant Mathieu voulait mériter réellement le titre de mentor qu'il avait reçu de son père. Il était à peine six heures du matin, et déjà le bon invalide faisait lever son élève. Quand le maître d'école se mit à la croisée, il vit Joseph s'occupant de sa toilette auprès de la fontaine.

— Louise, Louise, vois donc ton petit garçon. Les leçons profitent.

— Je suis sûre, dit-elle, que c'est mon frère qui l'a mis en train. De mon côté, je me sens disposée, s'il se conduit bien envers moi, à l'aimer comme s'il était mon propre fils.

Le maître d'école allait répondre quelques mots, mais en ce moment Joseph entra dans la chambre. Il s'approcha du vieillard, et lui tendant la main : Bonjour, cher père, lui dit-il, comment avez-vous passé la nuit? Et après avoir attendu sa réponse, il se tourna vers Louise, qu'il appela aussi chère maman.

— Bonjour, mon petit Joseph; te voilà déjà levé? C'est très bien, cela.

— Levé, et de plus lavé, comme vous me l'avez appris. J'ai aussi rincé ma bouche.

— Vraiment mon ami! viens, tu mérites que je t'embrasse.

Joseph devint rouge comme le feu. C'était probablement la première fois qu'il recevait de si douces caresses. Louise ne put s'empêcher de sourire. Elle lui donna l'instant d'après un panier de fèves sèches à écosser. Quand il eut fini, il les rapporta à madame Blum, en lui demandant si elles étaient bien écossées.

— Très bien, mon cher Joseph ; et cette tartine au beurre a-t-elle bonne mine ?

Joseph la reçut en souriant, et il remercia beaucoup sa chère maman.

Après le déjeuner, Mathieu l'emmena ; il le conduisit d'abord à son jardin. Joseph, qui avait de bons yeux, vit d'abord des pruniers chargés de fruits ; et, sans rien dire, il alla chercher une perche afin de faire tomber quelques prunes.

— Joseph, pourquoi cette perche ?

— Pour abattre des prunes.

— Et sais-tu à qui ces prunes appartiennent ?

— Non, certes.

— Eh bien ! apprends que celui qui cueille le fruit d'un arbre qui n'est pas à lui n'est qu'un voleur. Attends mon ami, pour abattre des prunes, que le propriétaire de l'arbre te le permette, ou que tu aies des arbres qui soient à toi.

— Et comment pourrai-je avoir des arbres qui soient à moi ?

— Comme j'en ai eu moi-même ; en les plantant et en les cultivant. Ces pruniers, c'est moi qui les ai plantés, sur ce terrain qui était à moi ; ils m'appartiennent donc aussi.

Joseph, un peu honteux, alla remettre la perche à sa place. Alors Mathieu, secouant un arbre, fit tomber quelques prunes qu'il permit à Joseph de ramasser.

— Maintenant, lui dit-il, ces prunes sont à toi, parce que moi, qui en suis le maître, je te les ai données.

Tout le reste du jour, Joseph se conduisit très bien.

Un matin, Joseph dit à sa mère : Je travaillerais bien à un jardin, si vous vouliez.

— Sais-tu comment il faut s'y prendre?

— Mathieu, qui est si bon pour moi, me l'apprendra.

— Eh bien! sois sage, et nous y penserons.

— Oh! je le serai; certainement je le serai.

Joseph tint parole; il s'acquittait avec zèle de tout ce dont on le chargeait : lui donnait-on quelque chose, il remerciait avec effusion; croyait-il pouvoir être utile, il cherchait à se montrer prévenant. Aussi, au bout de quelques jours, à la place de ses vêtements, déjà bien usés, il reçut de sa maman Blum une jolie petite veste de bon drap, des pantalons et des souliers neufs. Il ne faut pas dire s'il fut fier et content, ni s'il se montra reconnaissant envers madame Blum, s'il sauta, s'il courut, s'il alla se faire voir au maître d'école et au bon Mathieu. — Maman, disait-il, m'a donné tout cela, parce que j'ai été sage et obéissant; oh! je le serai toujours.

Quelque temps après, le maître d'école entra dans la salle à manger au moment où Louise apportait le déjeuner Il tenait à la main une petite bêche et une petite pioche.

— Je vois avec plaisir, dit-il à l'orphelin, que tu t'accoutumes au travail. J'ai acheté pour toi ces deux *baguettes*. Si Mathieu est aussi satisfait de ta conduite, il te montrera la manière de t'en servir; il te fera voir comment avec elles on fait sortir de la terre des pois, des fèves, des plantes, des arbres qui portent des prunes, et beaucoup d'autres choses.

— Que je vous remercie! dit Joseph en prenant les mains du vieillard et en les pressant de ses lèvres. C'est à présent que je vais travailler, et quand une fois j'aurai de beaux fruits et qu'ils seront bien mûrs, je vous en porterai un panier plein, et j'en porterai un autre à ma chère maman.

L'instituteur Mathieu conduisit son impatient élève au jardin aussitôt après le déjeuner. Joseph se serait volontiers passé ce jour-là de manger et de boire, tant il était pressé de recevoir la première leçon. Mathieu l'eut bientôt mis au fait, et il lui assigna un coin du jardin pour qu'il pût pio-

cher et bécher tout à l'aise. Joseph s'y prit d'abord assez
gauchement ; mais ses progrès furent rapides ; il désirait si
ardemment pouvoir planter des arbres : aussi demandait-il
souvent s'il aurait bientôt ce bonheur. Mathieu lui répondait : Pas encore.

— Il faut d'abord, disait l'instituteur, que ta main soit
bien exercée, et puis attendre que la saison soit venue ; car
si tu plantais des arbres dans ce moment, ils ne viendraient
pas, ou ils viendraient mal. Lorsque tu sauras très bien manier tes baguettes, mon père te donnera peut-être un morceau de terrain où tu pourras planter autant d'arbres que tu
voudras.

Quand M. Sparman s'aperçut que son fils conduisait si
bien Joseph que l'instituteur le plus habile n'eût pas mieux
réussi, il s'arrêta, non sans complaisance, à l'idée que Mathieu pourrait le remplacer avec avantage, et devenir à son
tour maître d'école et secrétaire de la commune. Un jour
que cette pensée lui souriait plus qu'à l'ordinaire, il appela
son fils en particulier, et lui communiqua son projet.

— Je ne demanderais pas mieux, lui dit Mathieu ; surtout
si je pouvais, mon cher père, vous épargner quelque fatigue
dès ce jour même ; mais avec cette jambe de bois pui-je
me présenter à ces enfants ? ne se moqueront-ils pas de
moi ?

— Je ne le pense pas, Mathieu. Trop souvent, il est vrai,
la jeunesse est inconsidérée ; elle aime à rire aux dépens
d'un pauvre infirme ; mais un instituteur qui sait bien diriger les enfants qu'on lui confie, qui s'attache surtout à leur
donner des qualités solides, à régler les mouvements de
leur cœur autant qu'à cultiver leur esprit, obtient toujours d'eux le respect et la considération qui lui sont dus,
fût-il boiteux ou manchot ; si, au contraire, il ne sait pas
remplir ses devoirs, eût-il le plus beau corps du monde, il
n'est pour ses élèves qu'un objet de mépris et de déri-
sion.

Mais tu n'en es pas là, mon cher fils ; le respect et la considération ne te manqueront pas. Ne me remplaçais-tu pas quelquefois avant ton départ pour l'armée ? Tout n'allait-il pas bien ?

— J'avais deux jambes !

— Cela n'y fait rien, te dis-je; dans peu tu pourras t'en convaincre. Mais revenons. J'irai bientôt peut-être reposer là-bas sous le grand tilleul...

— O mon père ! quelle idée !

— Elle est toute naturelle, et je n'en suis point effrayé; mais, en attendant, tu peux m'aider et me soulager; je commence à en avoir besoin. Les exercices classiques vont reprendre, je t'installerai; mais dès aujourd'hui tu peux faire un essai sur Joseph. Te sens-tu en état de lui montrer à lire ?

— Ah! oui, mon père.

— Eh bien! voilà qui est dit; et pour te donner les airs d'un instituteur, je ferai venir quelques enfants du voisinage.

Après qu'on eut dîné, Mathieu entra en fonction, et il le fit avec tant de mesure que le vieux père en eut les yeux humides de plaisir. Cependant les débuts de Joseph ne furent pas heureux. L'invalide lui faisait remarquer jusqu'à dix fois, par exemple, la lettre D, et quand il lui demandait un D, Joseph désignait un L. Au surplus, Joseph se tint décemment, et sous ce rapport il mérita des éloges.

Lorsque les enfants se furent retirés, et Joseph avec eux, Mathieu se tourna vers son père qui avait assisté à sa leçon, et lui demanda en riant s'il s'en était bien tiré.

— Parfaitement, mon fils.

— Parfaitement, dites-vous ? et je n'ai pas pu faire entrer une seule lettre dans la tête de notre orphelin.

— Et c'est pour cela précisément que je te le dis; car bien que tu prisses une peine inutile, tu n'as point perdu patience. Avec les enfants, c'est ce qu'il faut; tu n'as donc qu'à persévérer, et tu réussiras.

Le lendemain, comme Joseph travaillait au jardin sous les

yeux du bon invalide, un jeune garçon apporta un billet qu'il remit à ce dernier ; il s'en retourna sans attendre ni demander de réponse. Mathieu jeta les yeux sur l'écrit.

— C'est à toi, mon ami Joseph, que la lettre est destinée.

— Comment le savez-vous? dit Joseph en rougissant.

— L'adresse me l'apprend. Je vois là-dessus : *Ce billet sera remis à Joseph, lui seul doit le lire.*

— Qu'y a-t-il donc dans ce billet?

— Je l'ignore,

— Qui l'a écrit?

— Je n'en sait rien.

— Eh bien! lisez-le-moi, je vous prie.

— Je ne le puis, mon ami.

— Pourquoi donc ?

— L'auteur de l'écrit le défend : *lui seul doit le lire ;* lui seul, c'est-à-dire Joseph.

— Ah! oui ; mais Joseph ne sait pas lire.

— Ce n'est point ma faute.

Joseph prenant alors Mathieu par les mains, le supplia instamment de lui lire le billet ; mais Mathieu ne céda point, se retranchant sur la défense écrite sur l'adresse, défense à laquelle il ne serait point honnête de contrevenir. Joseph eut alors recours à madame Blum et au maître d'école, qui tous deux le renvoyèrent avec la même réponse. Je te conseille, mon ami, lui dit Louise, de garder ce billet jusqu'à ce que tu aies appris à lire. Joseph se mit alors à pleurer amèrement ; il était même si peiné qu'il mangea fort peu au dîner. Il n'avait pourtant pas perdu l'espérance de fléchir l'invalide.

— Oh! lisez-moi ce billet, je vous en conjure pour cette fois seulement, et j'apprendrai bien vite à connaître les lettres.

— Allons ; je fais peut-être mal ; mais puisque tu ne saurais le lire toi-même, et qu'il est peut-être important que tu apprennes ce qu'on t'écrit, je veux bien pour cette fois, comme tu me le dis, sacrifier ma répugnance. Ecoute donc :

« Mon cher Joseph, tu seras bien aimable si tu viens à midi précis partager mon dîner. Je t'ai fait griller deux saucisses, que tu arroseras d'un verre d'excellente bière.

> » Ta bonne,
>
> » FRÉDÉRIQUE. »

— Deux saucisses! dit Joseph les yeux tout brillants de plaisir : quelle est bonne, Frédérique! puis-je aller chez elle?

— Je ne m'y oppose pas; mais ne sois pas trop longtemps absent.

Joseph courut chez Frédérique de toute sa vitesse. O douleur! la porte est fermée; il frappe, on ne répond pas.

— Tu viens parler à Frédérique, lui dit un voisin : tu la trouveras derrière le village, à son champ de pommes de terre. Joseph remercie le voisin, et se remet à courir. Il arriva tout essoufflé, haletant.

— Te voilà, Joseph? lui dit Frédérique; pourquoi n'es-tu pas venu à midi?

Joseph baissa la tête, pour cacher sa petite honte.

— Est-ce qu'on ne t'a pas remis mon billet?

— Pardonnez-moi.

— Pourquoi donc n'es-tu pas venu? ces saucisses étaient si belles!

— Je ne sais pas lire.

— Tu ne sais pas lire, à dix ans passés! je ne l'aurais pas cru. Je n'avais pas sept ans, moi, que je lisais couramment l'écriture et l'imprimé.

— J'ai bien promis à Mathieu que j'apprendrais à lire; et les belles saucisses, me les donneras-tu?

— Eh! mon ami, elles sont mangées : ne te voyant pas venir, j'en ai disposé; mais une autre fois je t'inviterai, et tu ne manqueras pas l'heure.

Joseph alla conter à l'invalide sa mésaventure; et afin que pareille chose n'arrivât plus, il le pria de lui apprendre à lire tout de suite.

— Je veux bien t'apprendre à lire, mon cher ami; mais il faut que tu commences par connaître tes lettres.

— Connaître les lettres, dit Joseph en se grattant l'oreille, ce n'est pas facile, ça; mais j'essaierai : voulez-vous?

Mathieu consentit à lui donner une leçon; il vit avec plaisir que son élève, beaucoup plus attentif que la veille, réussissait bien mieux. Avant que huit jours se fussent écoulés, non-seulement Joseph connaissait toutes ses lettres, mais il commençait à les joindre pour former des mots. L'invalide, joyeux, rendit compte à son père du succès qu'il venait d'obtenir.

— C'est très bien, lui dit le vieux maître d'école; mais il ne suffit pas pour ton élève qu'il sache lire : tu dois lui apprendre à réfléchir et à observer. Quand je l'emmène avec moi dans les champs, il ne fait attention qu'aux cerises qu'il voit çà et là sur les arbres, aux noisettes, aux prunes, à tout ce qui réveille sa gourmandise. Il n'a pas d'yeux pour le reste. Si cela continuait, il apprendrait peu de chose.

— J'avais déjà fait ces réflexions, mon père; mais il faut m'excuser; je suis encore instituteur novice. Ce qui m'embarrasse, c'est de trouver un moyen convenable pour exciter l'attention de Joseph; je crains de me tromper.

Alors M. Sparman donna au bon invalide de sages avis, fondés sur sa longue expérience, et Mathieu s'y conforma très exactement. Le jour suivant, il proposa une belle promenade à Joseph qui ne se fit point prier. Ils traversèrent d'abord le jardin. On voyait encore quelques prunes sur les arbres. Joseph obtint aisément la permission de les cueillir.

— Et mon terrain pour planter des arbres l'aurai-je bientôt? dit Joseph tout en ramassant les fruits qu'il avait fait tomber.

— Je pense, répondit l'invalide, que mon père va s'en occuper. Mais toi qui veut planter des arbres, sais-tu les distinguer les uns des autres? Tu veux des prunes et des cerises; et si tu plantes des bouleaux ou des ormes?

— Eh bien ! apprenez-moi à connaître les arbres. Il est

bien sûr que si je plantais des bouleaux, j'attendrais long-temps les cerises.

— Suis-moi donc dans la campagne.

Mathieu prit en passant quelques feuilles sur des noise-tiers, des groseillers, des saules, des chênes; il les mit dans sa poche. Après avoir marché quelque temps, il s'assit sur l'herbe, invita Joseph à en faire autant; puis étalant devant lui les feuilles qu'il avait cueillies, il les désigna toutes par leur nom, fit remarquer à Joseph les signes qui peuvent servir à les reconnaître, recommença plusieurs fois sa démonstration, et ne s'arrêta que lorsque Joseph ne se trompa plus en nommant les feuilles.

Joseph se plaisait beaucoup à ces leçons; Mathieu man-quait rarement d'apporter des feuilles fraîches, et d'y ajou-ter chaque fois quelque espèce nouvelle. Il avait eu soin, dans les premiers jours, de ne choisir que des feuilles que leurs formes très différentes pouvaient faire aisément distin-guer; peu à peu il se servit de feuilles qui se ressemblaient davantage, ce qui obligeait l'orphelin à les considérer tou-tes avec plus de soin.

Ces simples leçons réussirent si bien que lorsque, au bout d'un mois, le maître d'école s'approchait à dessein d'une haie ou d'un bosquet, Joseph qui l'accompagnait dans ces promenades n'hésitait pas à nommer tous les arbres, et il se trompait rarement.

VI

Cependant le jour de la rentrée arriva; M. Sparman fit l'ouverture des classes par un petit discours, comme c'est l'usage. Seulement il ajouta deux petits paragraphes à son texte ordinaire.

« Avant de finir, mes enfants, dit-il à ses nombreux élè-ves, j'ai à vous dire deux choses : vous allez avoir un compagnon de vos études, et un nouveau maître pour les diriger.

» Voici, ajouta-t-il en présentant Joseph, le camarade dont je vous parle. Il est moins heureux que vous qui avez encore vos parents; il a perdu les siens. Vous êtes entrés de bonne heure dans cette école où j'ai tâché de vous donner une solide instruction, et son éducation n'est pas encore commencée : il est donc moins avancé que vous, et il apporte sans doute quelques défauts que vous n'avez pas; soyez patients, indulgents envers lui. Le serez-vous ?

— Oui, oui! répondirent en chœur tous les élèves.

— Et vous, Gottfried, de qui j'ai toujours été satisfait, voulez-vous lui donner une place auprès de vous, et lui apprendre à se conduire ? »

Par toute réponse, Gottfried se leva, alla prendre Joseph par la main, et le fit asseoir à côté de lui.

« Il s'agit maintenant, continua M. Sparman, de faire connaissance avec votre nouveau maître; ce maître que vous aimerez, j'en suis sûr, c'est mon fils. Il a été soldat, il a servi loyalement son pays et son prince; aussi a-t-il reçu un brevet d'honneur sur le champ de bataille : ce brevet d'honneur, le voilà; il vous le fait voir. »

Et Mathieu avançait fièrement sa jambe de bois, sur laquel il frappait légèrement de son bâton.

« Chaque fois que vos yeux vous montreront cette jambe, continua le maître d'école, vous vous rappellerez que c'est en combattant pour sa patrie qu'il a gagné l'honorable blessure. Je me fais vieux, mes chers enfants, j'ai besoin d'aide; mon fils me remplacera souvent dans la classe. Lui obéirez-vous comme vous m'avez obéi?

— Oui, oui! s'écrièrent à la fois tous les enfants.

Mathieu prenant alors la parole, dit aux enfants qu'il se rendait digne par ses soins bienveillants de la confiance qu'ils promettaient de lui accorder. Dès qu'il eut fini de parler, il commença la classe, et tout se passa très bien.

— Je suis très content de toi, mon fils, lui dit plus tard

son père; on dirait que le ciel l'a destiné aux fonctions d'instituteur. Si tu avais conservé les deux jambes, tu n'aurais jamais songé à suivre cette carrière; c'est ta jambe de bois qui t'y a conduit. Ah! mon ami, Dieu fait bien ce qu'il fait.

Le vieux maître d'école adressa pour lors à ses supérieurs un mémoire, afin d'obtenir l'autorisation de s'adjoindre son fils et de lui assurer sa survivance. M. Sparman était généralement estimé; sa demande n'éprouva point de contradiction. Seulement son fils fut tenu, pour la forme, à subir un examen dont il se tira du reste avec honneur. Il revint au logis avec un diplôme en règle.

Le zèle de Joseph pour l'étude ne se soutint pas longtemps. A la maison il se conduisait assez bien, s'acquittait exactement des devoirs qu'on lui imposait, se montrait obéissant envers madame Blum; mais à l'école, ce n'était plus le même enfant. Comme il n'avait jamais eu de compagnons de ses jeux, il n'avait pas appris à se conduire convenablement avec eux. Presque toujours leur cherchant querelle, c'était lui qui se plaignait, tantôt de l'un, tantôt de l'autre : — Michel se moque de moi; Jean me pousse; Pierre me tire les cheveux; Jacques m'a pincé. Et quand le maître d'école ou son fils voulait examiner la chose de près, c'était toujours Joseph qui avait tort.

Il se permettait envers les autres toute sorte de malices, et ne souffrait rien d'eux. Il avait ses poches pleines de boutons de bardanes; quand il croyait n'être point vu, il lançait des boutons à droite, à gauche, toujours visant aux cheveux; puis il baissait les yeux sur son livre, affectant l'air le plus simple, le plus réservé. Quelquefois il passait doucement la main par derrière son voisin, pour aller pincer au bras ou piquer avec une épingle celui qui se trouvait assis plus loin; et tout cela se faisait sans qu'il eût détourné les yeux de son livre. Prompt au contraire à retirer sa main, il promenait le doigt coupable sur la page qu'il faisait semblant de lire.

Toutes ces espiègleries lui attiraient de justes reproches de la part du maître d'école; mais ces reproches restaient sans effet, parce que n'ayant pas appris encore à distinguer le juste et l'injuste, il ne comprenait pas pourquoi on le réprimandait. M. Sparman prit le parti de le placer seul, auprès de la porte, sur un petit banc. Ce moyen fut encore inutile; Joseph faisait de loin à ses camarades les plus laides grimaces, et si les autres répondaient à ce genre d'attaque, il ne manquait pas de crier : — Monsieur, monsieur, ils me font des grimaces !

M. Sparman s'y prit alors d'une autre façon. Au moment où Louise donnait à Joseph son déjeuner, il s'en saisit. — Dorénavant, dit-il à Joseph, qui avait déjà les larmes aux yeux, ton déjeuner nous suivra à l'école. Si, la classe finie, personne ne s'est plaint de toi, ni toi de personne, je te le donnerai. Dans le cas contraire, tu voudras bien t'en passer.

Ce moyen réussit pendant quelques jours; mais ensuite les plaintes, les querelles recommencèrent. Enfin ce que Mathieu avait prédit plus d'une fois arriva. Un jour qu'il se trouvait dans les champs avec quelques-uns de ses camarades, ceux-ci profitèrent de l'occasion, et, armés de baguettes de coudrier, ils fustigèrent vigoureusement Joseph, qui cria plusieurs fois merci, mais toujours vainement. Quand il eut réussi à s'échapper, il reprit en pleurant le chemin de la maison; mais personne n'eut l'air de s'intéresser à lui ni de le plaindre.

— Je t'avais prévenu, lui dit Mathieu. Maintenant j'ajoute que, si tu ne changes pas, si tu continues à tourmenter tes camarades, tu recevras encore plus d'une leçon semblable à celle qu'on vient de te donner!

Les enfants qui avaient pris part à cet acte d'hostilité furent punis le lendemain; mais, depuis ce moment, ni ceux-là ni les autres ne voulurent admettre Joseph dans leurs réunions, ni l'associer à leurs jeux ; il était obligé de rester seul, spectateur triste et ennuyé des amusements auxquels se livraient tous les autres.

Cet abandon, cet isolement auquel on le réduisait, firent rentrer Joseph en lui-même. Il renonça peu à peu à ses mauvaises habitudes, il devint complaisant, apprit à supporter quelque chose de la part des autres, et pour prix de ce changement il fut rétabli par ses camarades eux-mêmes dans le droit de partager leurs récréations.

Mathieu observait tout avec le plus vif intérêt; le bon invalide s'était sincèrement attaché au pauvre orphelin que Dieu, disait-il, lui avait adressé. Un jour il rentra tout joyeux à la maison : — O mon père, j'ai eu ce matin un heureux moment! Le fils de la gardienne des oies du village répandait des larmes tandis que les autres enfants déjeunaient : Joseph s'est approché de lui, a voulu savoir pourquoi il pleurait, et apprenant que c'est parce que la pauvre mère n'a pu lui rien donner, pas même un morceau de pain, il va chercher son propre déjeuner et le lui abandonne, sans en distraire la moindre miette.

— Joseph a fait cela ? s'écrie M. Sparman.

— Oui, mon père.

— Ah ! que le bon Dieu soit loué pour ce que tu viens de m'apprendre ! Allons, courage : Joseph commence à devenir homme ; nous le traiterons désormais comme un homme. Et que lui as-tu dit, à cette occasion ?

— J'ai gardé le silence; je me suis contenté d'observer.

— Tu as sagement fait. Un éloge dans ce moment l'aurait gâté peut-être, en flattant son orgueil; il aurait dans une autre occasion sacrifié de même son déjeuner, moins pour faire une bonne action que pour obtenir des louanges. Il serait devenu bon et humain par ostentation. Si pour celui qui reçoit le bienfait le motif du bienfaiteur peut être de peu d'importance, il n'en est pas de même pour celui qui considère l'action en elle-même, afin de la qualifier.

Le lendemain, Joseph, rencontrant un noyer, dit : Si un

noyer sort d'une noix , c'est que la noix contient un noyer;
et pourtant elle est si petite et lui si grand! Comment cela
se peut-il faire? Il n'eut pas plutôt aperçu le maître d'école
qu'il courut à lui.

— Dites-moi, cher père, est-ce qu'il y a des noyers dans
les noix ?

— Il y a le germe d'un noyer, et ce germe, nourri par
les sucs de la terre, grandit, s'étend, se développe, et devient à la longue un très bel arbre.

— Les poiriers et les pommiers se trouvent-ils aussi dans
les poires et dans les pommes?

— Ils s'y trouvent de la même manière, c'est-à-dire en
germe; mais ce n'est ni dans la pomme ni dans la poire
qu'existe le germe des arbres; c'est dans les pépins que
ces fruits renferment.

Joseph ouvrait de grands yeux en écoutant M. Sparman.
Mais, à dater de ce jour, chaque fois qu'il recevait une
pomme ou une poire, il ne manquait pas d'en extraire tous
les pépins et de les envelopper dans un morceau de papier.
Le désir de former des plantations d'arbres devint en lui
une véritable passion, au point qu'il aurait ramassé jusqu'aux
noyaux de cerises ou de prunes séchées au four, si madame
Blum ne l'eût averti que ces noyaux ne valaient plus rien,
parce que la chaleur du four avait desséché et calciné le
germe.

Au commencement du printemps, il était déjà possesseur
d'une grande boîte pleine de pépins de toute espèce.
Sparman voulut bien alors lui assigner un lambeau de terre
pour y faire son semis, et Mathieu lui donna les instructions
nécessaires. Toute la famille l'accompagna pour assister à
la grande opération du semis. Ce fut une fête pour tous;
Mathieu, sa femme, les deux vieillards, jouissaient du bonheur de Joseph, qui de son côté paraissait tout transporté
de joie.

Louise était resté à la maison pour préparer le dîner.
Mais elle eut aussi son heure de bonheur; ce fut une lettre

de son mari qui la lui procura. Quand elle aperçut son père, elle courut à sa rencontre la lettre à la main et rayonnante d'allégresse. — Lisez donc cette adresse, mon père, lisez :

« A madame Louise Blum, avec une cassette renfermant une valeur de deux cents écus. » Tiens ! dit le maître d'école, d'où cet argent lui vient-il? Voyons, entrons dans la maison, et lisons cette lettre.

« Chère et bonne Louise,

» Je me porte bien ; je commence par là pour te tirer de peine. Si j'apprends que tu te portes bien toi-même, je serai content. Le petit Joseph est-il arrivé heureusement chez toi! Prends bien soin de lui, traite-le comme s'il était ton fils, car j'ai tué son père. Je t'envoie la montre d'or que je lui enlevai : conserve-la bien pour la remettre à Joseph quand il sera grand.

» Les vingt ducats qui sont dans la boîte t'appartiennent; tu peux t'en servir sans scrupule, ils ne viennent pas de mauvaise source. Je suis fâché de ne pouvoir t'en envoyer davantage. Je vais te dire comment j'ai eu ceux-là.

» On m'avait placé en faction dans un bois. Tout-à-coup j'aperçois un Croate qui se glisse entre les broussailles pour nous reconnaître. Je lui envoie une balle qui lui fend le crâne ; il tombe mort, et comme il n'a plus besoin d'argent, je prends celui que je trouve dans ses poches. Je m'étais souvenu à propos de ce que nous dit toujours notre capitaine : L'argent que le soldat prend à l'ennemi lui appartient de droit.

» Malgré ces petites aubaines, la vie du soldat est bien triste. Souffrir la faim, la soif, ne pouvoir dormir, attaquer et tuer des gens qui ne lui ont rien fait, être exposé soi-même à tous les dangers, c'est ainsi qu'on vit. Que faire pourtant? Il faut bien que finisse mon temps. Je me console en pensant à Dieu; et je pense alors à notre bon père auquel je dois les principes religieux qui me soutiennent. Embrasse-le pour moi.

Ici Louise embrasse tendrement le maître d'école; ensuite elle continue de lire.

» J'ai pourtant bien de la peine à supporter ton absence; mais que la volonté de Dieu s'accomplisse. Si j'ai le bonheur de te revoir, je te porterai sur mon cœur; si le ciel ne me le permettait pas... Oh ! j'espère qu'il le permettra. En attendant, fais en sorte de te bien porter, et n'oublie pas ton affectionné mari...

» JEAN BLUM. »

Louise en lisant avait répandu des larmes; les yeux du vieillard devinrent humides. Pour ne pas trop s'attendrir, il fallait faire diversion aux sentiments qu'on éprouvait; M. Sparman proposa d'ouvrir la boîte. On y trouva une très belle montre d'or, dont le fond recélait un portrait de femme. — Nous ne parlerons point à Joseph de cette montre, dit-il après l'avoir bien examinée; tu la lui garderas jusqu'au moment où il sera devenu tout-à-fait raisonnable.

Quant aux ducats, on convint qu'ils seraient employés à l'acquisition d'une petite pièce de terre attenant à leur jardin, et qu'on offrait de leur vendre.

VII

Joseph se conduisait depuis quelque temps de manière que tout le monde fût satisfait de lui. Si de temps à autre il commettait quelque étourderie, M. Sparman ne s'en alarmait pas; il disait au contraire que le moment n'était pas éloigné où Joseph aurait de la raison autant qu'il montrait alors de bonne volonté et de zèle.

Toutefois Louise se fâchait souvent, parce qu'il lui arrivait presque tous les jours de casser des pots, des assiettes ou des verres. Elle insistait pour qu'on le chassât, chaque fois qu'il commettait du dégât par étourderie ou maladresse. Son père l'exhortait à prendre patience, et il rêvait à la possibilité de trouver quelque autre moyen de correction plus efficace que les coups ou les réprimandes ; mais elle ne pouvait pas toujours se contenir, et un jour qu'il cassa un beau verre de cristal que son mari lui avait donné, et sur lequel étaient gravées les deux lettres L. B., emportée par la colère, elle lui appliqua cinq a six soufflets sur chaque joue.

Le maître d'école fut très affligé de cette scène qu'il n'avait pu empêcher. Cependant, cachant son émotion, il emmena Joseph en lui disant : Voilà ce qu'on s'attire quand on agit toujours étourdiment. Louise est bonne pourtant, et tu en as été constamment bien traité ; mais tu lui donnes tant d'humeur, qu'elle n'est plus maîtresse d'empêcher qu'elle n'éclate.

Joseph alla se cacher dans un coin, et se mit à pleurer à chaude larmes. M. Sparman, de son côté, gronda doucement sa fille. Cet enfant, lui dit-il, t'aime tendrement ; il se jetterait pour toi dans le feu : si maintenant il pleure, c'est moins pour le mal que tu lui as fait, que parce qu'il t'a donné occasion de te fâcher. Louise se défendit, en alléguant la promptitude d'un premier mouvement ; mais elle soutint que les soufflets qu'elle lui avait donnés lui feraient du bien. Le maître d'école se contenta de répondre, en hochant la tête : Je désire que tu ne te trompes point.

Louise eut-elle raison ? devina-t-elle juste ? La faïence et les verres se brisèrent, il est vrai, comme à l'ordinaire, mais c'étaient les chats qui causaient le dommage. Tantôt le chat gris de la maison, en sautant, avait fait glisser une pile d'assiettes ; tantôt le chat noir du voisin avait, en courant, renversé la carafe : Joseph l'avait vu de ses yeux ; le moyen d'en douter !

— Voilà, ma fille, disait le vieux père d'un ton chagrin, ce qu'ont produit tes soufflets ; tu as rendu Joseph menteur.

Un jour que Louise était assise à son rouet, elle entendit du bruit dans la cuisine ; c'était un pot qui se brisait en tombant. Elle accourut aussitôt, et vit Joseph debout auprès des débris.

— Et bien ! quel est le chat qui a cassé le pot?

— C'est le chat gris, maman.

— Si c'était le chat gris, je le verrais là ; la porte était fermée quand je suis entrée.

— Il était derrière, et il s'est enfui tout doucement.

— Tu mens, Joseph.

En disant ces mots, elle s'éloigna pour aller dans la chambre de son père, laissant Joseph pétrifié.

— Mon père, je ne puis plus rien faire de cet enfant ; il me ruinera, pour peu que cela dure ; si vous ne le corrigez, je ne saurai le garder plus longtemps.

Louise ne parlait ainsi à M. Sparman que pour l'obliger à suivre le système qu'elle croyait le meilleur. Son père désapprouvait l'usage des coups ; elle, prétendait que Joseph n'en recevait pas assez. Au fond, elle n'était pas femme à chasser un enfant dont elle avait pris soin plusieurs mois pour quelque poterie cassée ; elle aurait craint d'ailleurs de déplaire à son mari qui le lui avait recommandé avec tant d'instance. M. Sparman se douta bien du motif qui faisait parler sa fille ; il promit toutefois de faire ce qui serait en son pouvoir pour corriger Joseph de son étourderie, et surtout de l'habitude qu'il avait prise de mentir.

— Joseph, approche ; encore plus près de moi. Réponds maintenant ; — et son air était calme et froid, mais sévère. — Qui a cassé le pot de terre?

— C'est moi ! répondit Joseph à demi-voix et l'œil baissé.

— Pourquoi as-tu dit que c'était le chat gris?

— J'ai craint que maman ne me donnât des soufflets, dit Joseph, le cœur gros de soupirs et les yeux noyés de larmes.

— Joseph, Joseph, j'avais été content de toi jusqu'à présent ; mais aujourd'hui tu n'es plus pour moi qu'un être méprisable; tu es devenu menteur. Celui qui s'est ainsi avili ne doit plus manger à ma table; tu mangeras avec les chats.

La sentence du maître d'école fut exécutée à la lettre. Quand la famille se fut réunie pour dîner, on mit son assiette sur un banc, et on ne lui servit que de tout petits morceaux, comme si l'on eût ramassé les restes des autres pour les lui donner. Cette punition l'humilia beaucoup, et son chagrin fut si vif qu'il ne put rien manger.

Joseph alla chercher des consolations auprès de son ancien instituteur; il en trouva peu. Mathieu le gronda vertement et fit de nouveau couler ses pleurs.

— Si tu veux, Joseph, que je m'intéresse encore à toi, tu n'as qu'un moyen : c'est d'obtenir le pardon de ma sœur, et surtout de mon père.

— Eh ! comment l'obtiendrai-je?

— Peut-être en le demandant.

Joseph courut d'abord à madame Blum, et se jetant à genoux devant elle, il promit de ne plus être à l'avenir ni étourdi ni menteur. Louise ne répondit rien; elle se contenta de le renvoyer à son père.

— Tu promets, lui dit le vieux maître d'école, de ne plus mentir. S'il n'était point prouvé que tu es un menteur, je me fierais à la promesse; mais celui qui ment pour une chose, peut bien mentir pour une autre; et ce qui lui arrive, c'est de n'inspirer de confiance à personne. Il me faut donc, pour me persuader, autre chose que des paroles; jusqu'à ce que tu m'aies convaincu que tu ne mens plus, tu continueras de manger avec les chats, au niveau desquels tu es descendu.

Ce jugement parut bien dur à Joseph, mais il fallut s'y soumettre. Depuis ce moment les chats ne cassèrent plus rien, lui-même cassa rarement, et quand cela arrivait, il allait s'accuser sans balancer.

M. Sparman fit entrer un jour Joseph dans sa chambre.

— Joseph, lui dit-il, je me suis aperçu depuis quelque

temps, du moins j'aime à le croire, que tu as perdu l'habitude du mensonge; sous ce rapport tu mérites récompense · dès aujourd'hui tu reprendras ta place à ma table.

Mais j'ai autre chose à te dire. Te voilà parvenu à ta douzième année; il faut songer à l'avenir. Si je venais à mourir, si le ciel t'enlevait aussi madame Blum et mon fils, que deviendras-tu?

Irais-tu mendier de porte en porte comme un misérable vagabond, ou périrais-tu de besoin dans quelque lieu ignoré?

Tu as de la santé, de la force, tu sais déjà manier passablement la bêche et la pioche. Il faut t'accoutumer au travail, qui seul peut t'assurer une existence honorable.

Voici la proposition que je te fais : tu continueras de suivre exactement l'école, parce que, dans quelque situation qu'on se trouve, l'instruction n'y gâte jamais rien. Les heures qui te resteront dans la journée, tu les emploieras au jardin, d'abord sous ma direction ou celle de mon fils, seul ensuite quand tu seras plus exercé. Et comme toute peine mérite salaire, je te donnerai deux gros par semaine (1). Qu'en dis-tu, Joseph?

(1) Trente centimes.

— Je ferai tout ce que vous voudrez; et maman Blum y consent-elle?

— Oui. Je lui en ai parlé, elle consent à tout.

Louise arriva au même instant pour inviter son père à passer dans la salle à manger où le déjeuner l'attendait. Joseph se hâta de lui annoncer qu'il allait devenir jardinier, et Louise l'exhorta fortement à bien remplir ses nouveaux devoirs.

La semaine s'écoula rapidement, et le samedi Joseph reçut ses deux gros. Il courut les montrer à madame Blum qui lui fit cadeau d'une bourse en cuir qu'elle avait achetée.

(1) Trente centimes.

L'avare et le riche éprouvent moins de joie en versant l'or dans leurs coffres que n'en eut Joseph en mettant ses deux gros dans la bourse. Mathieu qui survint lui conseilla de mettre son argent en réserve pour l'employer au jardin qu'il se proposait de planter dans le lambeau de terre que lui avait donné le vieux père.

Quelques jours après, Joseph copiait un exemple d'écriture, et il prenait beaucoup de peine pour bien faire; tout-à-coup, jetant la plume, il court après un très beau papillon qui venait d'entrer dans la chambre. En se levant brusquement, il heurte la table et fait tomber le verre de M. Sparman. Le chat gris était nonchalamment couché au soleil. Il vint d'abord à l'esprit de Joseph d'accuser le pauvre animal; mais il ne tarda pas à repousser cette idée, et il se rendit auprès de Mathieu, auquel il fit part de son accident.

— Tu seras donc toujours aussi étourdi? lui dit Mathieu, Sais-tu combien tu nous causses de dommage? Tu as cassé le verre de mon père; il s'en servait depuis plus de vingt ans; il y tenait beaucoup. Ce sera pour lui une grande privation.

Mathieu disait juste. M. Sparman eut l'air soucieux; cependant il ne fit aucun reproche à Joseph. Le lendemain il eut un autre verre; sa fille avait fait exprès le voyage de la ville. Son père la remercia de son attention, mais il lui reprocha doucement d'avoir fait de la dépense. Deux gros pour un verre! c'est beaucoup trop.

— C'est de votre argent que je l'ai acheté, répondit Louise; car, pour moi, vous savez bien qu'il ne m'en reste guère. Il m'a fallu tant acheter de pots, de verres, d'assiettes, pour remplacer ce que les chats ont cassé, ajouta-t-elle en appuyant sur ces mots, que ma bourse est tout-à-fait épuisée.

Pendant que Louise parlait, Joseph avait tiré de sa bourse sa pièce de deux gros; il la tenait dans ses mains, mais il n'osait point l'offrir. Il consulta par un regard le bon inva-

lide, et celui-ci l'encouragea par un signe. Aussitôt il s'a-
vança vers Louise.

— Chère maman, voilà mes deux gros : ne sois plus fâchée contre moi.

— Voyez donc, mon père, s'écria Louise en riant; Joseph
a trouvé le remède.

— Tu as bien fait, mon ami, dit à son tour le maître d'é-
cole, de payer le verre. Tu te souviendras ainsi du vieux
proverbe : Qui casse les verres, les paie. Si désormais tu ne
veux plus en payer, tu n'en casseras plus.

Cette leçon servit à Joseph; il devint beaucoup plus cir-
conspect; et bien des jours se passèrent sans qu'il donnât
aucun sujet de se plaindre. Si dans la suite il lui arriva de
casser quelque chose, il le déclarait sur-le-champ, et il en
donnait la valeur. Personne ne prit plus de part à ce changement que le vieux maître d'école, qui lui dit un jour : —
Je suis bien convaincu maintenant que tu ne mens plus;
aussi je te rends mon estime tout entière. Mais prends-y
bien garde, s'il t'arrivait une seule fois encore d'être surpris mentant, on n'aurait plus aucune fois en tes paroles.
Joseph sauta au cou du vieillard, en lui disant : — Ah!
soyez-en sûr, je ne mentirai jamais!

Joseph tint parole; il donna même à ses paroles adoptifs
des preuves répétées d'honnêteté et de reconnaissance; et
comme il s'aperçut qu'ils avaient bonne opinion de lui, il
conçut pour eux le plus vif attachement, faisant maintenant
par affection ce qu'il n'aurait fait plus tôt que par crainte
ou par intérêt, afin de se conserver des protecteurs dont il
sentait le besoin.

VIII

Un jour que le maître d'école avait répété son refrain : —
— Dieu fait bien ce qu'il fait, rendons grâces à Dieu, — Jo-

seph lui demanda ce que c'était que Dieu. Cette question im-
prévue fit grand plaisir à M. Sparman; elle ouvrait la voie
où depuis longtemps il désirait faire entrer l'orphelin. Il le
prit par la main, et comme on avait déjà dîné, il le conduisit
dans la campagne, près d'un bois de bouleaux qui commen-
mançaient à se couvrir de verdure. Ils s'assirent sur le
gazon, au sommet d'un petit tertre d'où les regards pouvaient librement s'étendre sur une très belle plaine.

— Comme cette campagne est unie? dit Joseph.

— Si un régiment de cavalerie manœuvrait là, répondit
M. Sparman, cela serait beau à voir, n'est-ce pas, Joseph?

— Oui, certes. Je me souviens d'avoir vu faire l'exercice
au régiment de mon père : comme c'était joli! D'abord ils
allaient tous ensemble, ensuite ils se séparaient, les uns à
droite, les autres à gauche; puis ils revenaient. Et les chevaux qui marchaient tantôt doucement, tantôt au galop. Ce
qui m'amusait surtout, c'était de les voir sauter par-dessus
les haies et les fossés; la fumée leur sortait par les na-
seaux!

— J'aurais eu beaucoup de plaisir à voir tout cela. Mais
comment se fait-il qu'ils marchaient tous en bon ordre, et
que tous s'arrêtaient, allaient, venaient, galoppaient à la
fois?

— Ah!... c'est qu'ils étaient commandés.

— Je m'en doute bien; car autrement tant d'hommes n'auraient pas pu à la fois avoir la même pensée, faire la même
chose. Sais-tu qui les commandait?

— Ma mère disait que c'était le général Spleny.

— J'ai vu en effet son nom dans la gazette. Sais-tu aussi
qu'outre le régiment où servait ton père, l'empereur avait
beaucoup d'autres régiments, les uns en Saxe, les autres en
Silésie, en Bohême ou ailleurs? Eh bien! quelquefois tous
ces régiments se mettaient en marche en même temps, pour
se trouver ensemble au même endroit, comme s'ils s'étaient
d'avance donné le mot. Il fallait bien qu'il eût là quelqu'un
pour commander à tous.

— Je vous dirai, moi, qui commandait à tous. C'était le général Daun.

— Justement, le général Daun. Eh bien! sais-tu ce que j'imagine? Ce général, suivant moi, envoyait l'ordre aux chefs des régiments de partir à certain jour, à certaine heure, afin de pouvoir se trouver à la fois au lieu du rendez-vous.

— C'est vrai, ça pour arriver tous ensemble.....

— D'un autre côté, je me dis que pour empêcher tous ces soldats de mourir de faim en arrivant, il fallait que quelqu'un commandât aux boulangers, aux marchands, d'apporter du pain, de la viande, du vin, puis de l'orge et de la paille ou du foin pour les chevaux.

— Oh! bien sûrement; car toutes ces choses ne se seraient pas trouvées là d'elles-mêmes. Voulez-vous que je vous dise encore qui commandait aux boulangers et aux marchands? C'étai. le même général Daun. Ah! il prenait bien soin des soldats; aussi les soldats ne l'appelaient-ils que le père Daun.

— Oui; c'était le général Daun qui commandait tout cela. Eh bien! mon ami, tout marche dans le monde comme dans l'armée de l'empereur. Ainsi chaque matin, à point nommé, le soleil se lève.

— Oh! par exemple, à point nommé! J'ai vu bien souvent qu'il ne se lève pas du tout. — Tu te trompes, Joseph; le soleil se lève, mais les nuages t'empêchent de le voir.

— Je suis bien fâché qu'il y ait des nuages qui m'empêchent de voir le soleil, et la lune aussi sans doute?

— Et la lune aussi. Mais ne te plains pas, mon ami. Sans ces nuages, nous n'aurions pas de pluies, et sans pluies nos rivières, nos sources se tariraient, et nos terres se dessécheraient, et nos arbres mourraient, et nous n'aurions plus ni blé pour faire du pain, ni légumes, ni fruits; plus de prunes, plus de cerises, de poires, de pommes.

— Ce serait pourtant bien dommage.

— Mets-toi bien dans la tête. mon jeune ami, que tout ce

que Dieu fait est bien. Voici comment dans l'univers tout marche pour ainsi dire à commandement. Nous arrivons au printemps : voilà d'abord les alouettes qui se montrent, puis les pinsons; plus tard ce sont les hirondelles, et après elles les cigognes. Et lorsque tous ces oiseaux sont venus, ils trouvent leur nourriture toute prête, comme si on l'eût apportée à dessein. Vois aussi les fleurs s'épanouir les unes après les autres, les violettes, les primevères, les roses, les œillets; vois aussi fleurir les amandiers, puis les cerisiers, ensuite les poiriers et les pommiers; tout s'arrange admirablement. Il semble que quelqu'un a dit aux fleurs : Paraissez, violettes, primevères et roses; aux arbres : Fleurissez, cerisiers, pruniers et pommiers.

— C'est encore vrai, cela !

— Celui qui a dit aux fleurs de se montrer, aux arbres de fleurir; celui qui commande à tout, qui arrange tout, c'est justement celui que nous appelons le bon Dieu.

— Et l'avez-vous vu, le bon Dieu, cher père ?

— Non; mais je n'ai pas vu le général Daun, et je crois pourtant qu'il commandait l'armée de l'empereur. Eh ! mon ami, que de choses que nous ne pouvons voir et qui n'en existent pas moins ! As-tu vu le vent ?

— Oh ! jamais.

— Ni moi; cependant il existe. Nous le sentons au mouvement des feuilles des arbres qu'il agite, au tuiles qu'il enlève du haut des toits, à la résistance qu'il nous oppose quand nous voulons marcher contre lui. Croyons donc mon ami, qu'il y a quelqu'un qui commande à tout, quoique nous ne le voyions pas.

— Ah ! dites-moi, cher père, comment appelle-t-on ce gros oiseau qui vole vers nous ?

— C'est une cigogne, qui obéit aussi sans le savoir au commandement du bon Dieu. Quand le printemps revient avec les beaux jours, la cigogne revient aussi. Quelqu'un a dit : Cigognes, marchez. Aussitôt toutes les cigognes se sont réunies, et elles sont parties ensemble du pays où elles

avaient passé l'hiver. A leur arrivée, elles trouvent leur pâ-
ture prête, comme je te l'ai dit.

— Que mangent-elles, les cigognes ?

— Le plus souvent elles se nourrissent de grenouilles.

— Et d'où sortent les grenouilles? de tout l'hiver je n'en
ai pas vu une seule.

— Elles se tiennent au fond des étangs et dans la bourbe
des marais. Ce n'est qu'au printemps qu'elles sortent de
leurs trous, tout juste au moment où les cigognes revien-
nent.

— C'est bien singulier.

— Sans doute : mais par là tu dois te convaincre qu'il y
a un être qui voit tout, qui peut tout, qui dispose tout, et
qui prend soin qu'à leur retour les cigognes trouvent leur
nourriture. Regarde celle qui vient de se poser : n'a-t-
elle pas tout ce qu'il faut pour donner la chasse aux grenouilles ? Vois ces longues jambes qui lui donnent le moyen
d'entrer dans l'eau, ce long bec avec lequel elle va chercher
la grenouille dans son trou. Tu sens bien que si elle était
faite comme un poulet, elle ne pourrait prendre les grenouilles ; si elle n'avait pas de très grandes ailes, comme tu
les lui as vues lorsqu'elle volait, elle ne pourrait pas faire
de longs voyages. En un mot, mon ami, sois bien assuré que
Dieu fait bien ce qu'il fait.

Le vieillard ajouta beaucoup d'autres choses à ce qu'il
venait de dire, et Joseph fut vivement touché. Il crut fer-
mement à l'existence d'un Être supérieur qui faisait marcher tout l'univers par un acte de sa volonté. Dès ce moment il regarda le monde avec d'autres yeux. Qu'il vît le
lever du soleil ou de la lune, qu'il entendît pleuvoir, tonner,
venter, qu'il aperçût une ruche d'abeilles, un arbre en
fleur, une mince fourmi traînant après elle un grain de blé,
il disait toujours : Dieu est là.

Dans la maison de M. Sparman, il était d'usage de chô-
mer le jour de la naissance de tous les membres de la fa-

mille. On ne pouvait célébrer une pareille fête pour Joseph, parce qu'on ignorait quel jour il était né, et que lui-même ne savait que très vaguement son âge. Cependant, pour qu'il eût comme les autres son jour de fête, le maître d'école décida qu'on prendrait pour cela l'anniversaire de son arrivée : c'était aussi celui du retour de Mathieu.

Madame Blum fit cuire quelques gâteaux aux pommes qu'on arrosa de cidre. Après le dîner, le maître d'école qui avait pris la mesure de la taille de l'orphelin au moment où on l'avait reçu dans la maison, et qui l'avait prise encore l'année suivante, se convainquit par une nouvelle épreuve que dans le cours de deux années il avait grandi d'un demi-pied.

— Comme tu as poussé! dit M. Sparman; tu arrivais là quand tu es venu, et maintenant voici ta taille. Sais-tu comment tu as pu croître ainsi?

— C'est parce que j'ai bu et mangé.

— Oui; car si tu n'avais ni mangé ni bu , non-seulement tu n'aurais pas grandi, mais encore tu serais mort depuis longtemps ; mais tu as mangé du pain, des gâteaux, de la bouillie au riz, des haricots, des lentilles, du veau, et beaucoup d'autres choses; tu as bu de l'eau, du lait, de la bière; ta tête, tes bras, tes jambes, tes mains, ton corps tout entier viennent de ce pain, de ce lait, de tout ce que tu as mangé. Cependant tu ne vois en toi rien de tout cela ; seulement tu te trouves composé de chair et d'os, et tu sais que du sang bien rouge coule dans tes veines, qui sont autant de petits ruisseaux. Comment tout cela se fait-il?

— Qui pourrait le dire?

— Peu de personnes sans doute peuvent le dire; encore ces personnes ne savent-elles qu'imparfaitement ce qu'elles nous enseignent là-dessus. On sait, par exemple, que tous les aliments, solides ou liquides, descendent par le gosier et tombent dans l'estomac; que là ils sont broyés et triturés ; que de l'estomac ils passent dans les intestins, d'où ils se dirigent de divers côtés par un nombre infini de tuyaux;

que partie de ces aliments ainsi préparés se convertit en sang, partie en chyle et que le chyle devient chair, os, ongles, cheveux.

— Je ne comprends pas ça, moi.

— Tu ne comprends pas comment cela se fait, et je le crois sans peine; mais tu entends à merveille ce que je te dis; les aliments, préparés dans l'estomac, se changent en chair, en os et tout le reste.

— Oui. Vous me dites, par exemple, que le morceau de saucisse que j'ai mangé à dîner, avec ce petit verre de bierre que j'ai bu, ira d'abord à mon estomac, et ensuite deviendra du sang et de la chair.

— Précisément. Et quel est l'ouvrier qui fait aller ces admirables machines de notre corps?

— C'est le bon Dieu, sans doute.

— Lui seul peut le faire.

— C'est lui aussi qui m'a donné des dents, une langue, des yeux?

— Oui, mon ami; des dents, pour que tu puisses d'abord diviser tes aliments, afin qu'ils passent plus facilement par le gosier, et que l'estomac ait moins de peine à les digérer; une langue, pour conduire tes aliments au gosier.

— Et pour parler aussi?

— Oui, pour parler aussi, afin que tu puisses converser et t'entendre avec tes semblables; des yeux, pour que tu voies ce monde que tu habites.

— Et des oreilles pour que j'entende ce que vous me dites, vous, bon père; et des pieds pour marcher, des mains pour toucher, mais non pour casser la vaisselle et les verres?

— Oh! depuis longtemps, grâce à lui, cela ne t'arrive plus.

— Le bon Dieu, qui m'a donné tant de choses, me connaît donc?

— Certainement il te connaît; car Dieu est partout, il voit tout, entend tout, connaît tout.

— Je voudrais maintenant, continua le maître d'école, te

faire écrire quelque chose. Voici du papier, de l'encre, une plume; tu écriras sous ma dictée; et surtout je te recommande l'attention, car je veux voir quels progrès tu as faits depuis l'an passé.

— Me voilà prêt, bon père.

« Je vous remercie, ô mon Dieu, de tout ce que vous avez fait pour moi; après m'avoir donné la vie, vous m'avez conduit comme un père, vous m'avez fait trouver des jours heureux, et les malheurs mêmes qui me sont arrivés ont tourné, par vos soins, à mon avantage. Mon Dieu! je vous remercie. »

Le maître d'école prit l'écrit de Joseph, le trouva bien, et n'eut à corriger que très peu de fautes d'orthographe. Il fit ensuite à Joseph quelques questions qui lui prouvèrent que l'orphelin comprenait ce qu'il avait écrit.

— Dis-moi, Joseph, savais-tu lire et écrire quand tu es arrivé chez moi?

— Hélas! bon père, je ne connaissais pas même une lettre.

— C'est donc un bonheur pour toi que d'être entré dans ma maison. Et sais-tu pourquoi tu y es entré?

— Parce que Mathieu m'a conduit.

— Et pourquoi Mathieu t'a-t-il conduit ici?

— A cause, sans doute, du papier que Blum m'avait donné.

— Mais pourquoi Blum t'avait-il donné ce papier?

— Parce qu'il avait tué mon père, dit Joseph en pleurant.

— C'est là un bien grand malheur, mon enfant, et ta douleur est juste; mais si tout autre que Blum avait tué ton père, il est probable qu'il serait parti sur le champ, sans s'inquiéter de toi, et tu ne serais maintenant qu'un malheureux mendiant, qui ne saurait ni lire ni écrire, n'aurait point un petit jardin, et ne connaîtrait pas le bon Dieu.

— Je vous remercie bien, cher père de m'avoir reçu dans votre famille.

— Remercie aussi Dieu, père de toutes les créatures; et dans quelque situation que tu te trouves à l'avenir, n'oublie jamais que c'est lui qui ordonne tout ce qui arrive, le bien et le mal, la vie et la mort, et tu ne manqueras pas de dire, comme je l'ai toujours dit moi-même : Tout ce que Dieu fait est bien.

Joseph grava profondément ces mots dans sa mémoire. Si une chose ne lui réussissait pas, ou si même elle se tournait contre lui, au lieu de murmurer contre la Providence, il disait en lui-même : Ce qui m'arrive doit être bon à quelque chose, quoique cela me contrarie, car je suis assuré que tout ce que Dieu fait est bien.

IX

L'hiver suivant amena un accident qui aurait bien pu ébranler la confiance qu'avait en Dieu le vieux maître d'école, si elle eût été moins solidement établie. Un jour qu'il s'était levé de très bonne heure, il entendit le bruit du canon. D'autres habitants qui l'entendirent sortirent précipitamment de leurs maisons, en poussant des cris de désespoir. M. Sparman vint au milieu d'eux pour tâcher de les consoler. Ces villageois avaient presque tous fréquentés son école dans leur jeunesse ; ses paroles avaient sur leur cœur et sur leur esprit beaucoup d'ascendant; ils se calmèrent un peu, mais rien ne pouvait les guérir entièrement de la erreur que le bruit de l'artillerie jetait dans leur âme.

Cependant M. Sparman monta sur la tour de l'église. De là il vit, à une lieue environ de distance, une épaisse fumée ; il entendit aussi distinctement la fusillade. Insensiblement le feu s'approchait du village; il était aisé de comprendre que les Prussiens, attaqués par des forces supérieures, battaient en retraite. Il ne tarda pas à voir que ceux-ci étaient vivement poursuivis par les Croates, qui cherchaient même à les cerner.

Quand il descendit de la tour, le père de Frédérique, plein d'une vive inquiétude, courut lui demander ce qu'il avait vu.

— Que se passe-t-il donc? lui dit-il.

— Les Prussiens se retirent; ils seront probablement acculés dans notre village.

— Que Dieu nous assiste! les Croates vont mettre le feu à nos maisons. Il faut s'y attendre.

Tous ceux qui purent entendre ces tristes paroles perdirent tout-à-fait le courage et même la raison. Ils couraient par les rues dans le plus grand désordre. Les unes voulaient prendre la fuite, les autres se cacher dans leurs caves. Quelques-uns cherchaient à se sauver, mais ils faisaient des paquets de leurs effets les plus précieux pour les emporter. Ils n'en eurent point le temps. Une troupe de hussards autrichiens arriva au galop; ils prirent les prussiens à dos et les forcèrent de mettre bas les armes. Ces hussards se retirèrent à l'instant, se contentant d'emmener leurs prisonniers. Il n'en fut pas de même des Croates qui prirent la route du village.

Le maître d'école, remonté sur la tour, éleva la voix autant qu'il en eut la force, et se mit à crier :

— Mes enfants, du pain, de la bière, de l'eau-de-vie, des jambons, des saucisses; toutes vos provisions. Les Croates arrivent; donnez-leur tout ce qu'ils demanderont; peut-être ne vous pilleront-ils point.

Aussitôt chaque habitant courut à sa maison pour exécuter l'ordre de M. Sparman ; mais avant qu'ils eussent pu apporter quelques provisions sur la place, les Croates étaient arrivés.

Le maître d'école prit par la main le premier qu'il rencontra, cherchant à lui faire entendre par signes que ses camarades et lui auraient à boire et à manger à discrétion. Ces demi-sauvages firent peu d'attention à lui et à ses signes; ils se précipitèrent dans les maisons, enfoncèrent les coffres et les armoires, enlevèrent tout ce qui s'y trouvait. Les chevaux, les charrettes, les bêtes à cornes, les porcs, devinrent la proie des Croates. En moins de trois heures le pillage fut consommé; meubles, linge, provisions, argent, tout fut emporté ou détruit. La pauvre veuve perdit ses moutons et ses poules; Joseph, sa belle montre d'or.

Tous dans le village faisaient entendre des cris de douleur et de désespoir; le vieux maître d'école ne criait point, ne gémissait point; mais il levait les mains au ciel, et quelques larmes trahissant sa peine secrète, coulèrent de ses yeux.

Il s'assit sous le tilleul qui ombrageait l'auberge; tous les habitants se réunirent autour de lui : ils firent retentir l'air de leurs plaintes amères. M. Sparman les laissa pendant quelque temps donner un libre essor à leur douleur. Quand la première explosion fut passée, il monta sur un banc; et comme on le vit disposé à parler, chacun garda le silence.

— Mes amis, leur dit-il, rien n'arrive en ce monde que par la volonté du Seigneur. Le mal que nous venons d'éprouver est grand; mais c'est le Seigneur qui l'a permis. Cessez donc de vous plaindre; car tout ce que Dieu fait est bien. C'est une vérité que dans ce moment vous ne pouvez comprendre : mais un jour viendra où elle vous paraîtra évidente. Les Croates n'ont pas brûlé nos maisons; quelque chose nous reste donc; remercions Dieu de ce bienfait; car notre malheur pouvait être affreux.

La douleur extrême n'écoute rien. Au lieu de s'apaiser chez ces pauvres gens, elle devint plus bruyante, plus désordonnée. Pour la première fois de sa vie, M. Sparman vit ses paroles se perdre sans effet; et s'apercevant qu'on ne pouvait ou qu'on ne voulait plus l'entendre, il se retira tristement chez lui. Tous les autres se dispersèrent en continuant de se lamenter; mais après s'être longtemps épuisés en gémissements inutiles, il fallut bien qu'ils fissent trève à ces vaines démonstrations de désespoir.

Le maître d'école eut encore un assaut à soutenir lorsqu'il

fut arrivé dans sa maison. Sa fille, sa bru et Joseph étaient
inconsolables. Madame Blum regrettait surtout un médaillon
d'or que son mari lui avait donné le jour de son mariage;
Frédérique pleurait les écus qu'elle avait reçus de son père
le jour du contrat; Joseph se désolait d'avoir vu tomber
d'un coup de sabre la tête du coq qu'il avait porté avec
tant de plaisir à la pauvre veuve. Mathieu paraissait rési-
gné; il connaissait par expérience quels sont les funestes
résultats de la guerre; et non-seulement il ne laissait échapper aucune plainte, mais encore il cherchait à ranimer l'esprit agité de sa femme et de sa sœur. Quand au maître d'é-
cole, on connaît sa résignation aux volontés célestes et sa
confiance dans les ressources de la Providence.

L'heure du dîner était passée depuis longtemps; personne,
pas même Joseph, n'avait songé à manger : M. Sparman fut
le premier qui en parla.

— Que voulez-vous donc que je vous donne? répondit
Louise à son père d'un ton chagrin. Il ne reste pas dans la
maison un morceau de pain, une poignée de farine; sur le
plancher, quelques œufs cassés, voilà tout.

— Allons, allons, ma fille, je suis sûr que nous ne sommes
pas si fort au dépourvu que tu le dis. Cherchons bien, et
nous trouverons peut-être des provisions oubliées par les
Croates, ou dont ils n'auront pas voulu. Il descendit alors à
la cave, et la première chose qu'il aperçut ce fut le tas tout
entier des pommes de terre. Je me doutais bien, dit-il en
souriant, que les Croates n'y auraient pas touché.

Pendant que madame Blum faisait cuire les pommes de
terre, le maître d'école alla faire un tour dans le village, et
il vit avec plaisir que les habitants, victimes d'un malheur
commun, s'entr'aidaient cordialement, se fournissant les uns
aux autres les ustensiles et les denrées échappées au pillage.
Mais quand il s'aperçut que deux vieillards, ennemis depuis
plus de dix ans, au grand scandale de tout le village, se
donnaient affectueusement la main, il ne put s'empêcher de
penser qu'à quelque chose. malheur est bon quelquefois. Il

s'approcha d'eux et les félicita sur une réconciliation que
tous les gens de bien désiraient depuis longtemps. — Res-
tez bons amis, leur dit-il, vous aurez plus gagné au pillage
que vous n'y aurez perdu.

En rentrant chez lui, M. Sparman trouva les pommes de
terre cuites; il fallut les manger sans pain et sans autre assaisonnement qu'un peu de sel. Après ce mince et frugal
repas, qui ne fut pas très gai, le maître d'école adressa au
Seigneur une prière fervente en actions de grâces, parce
qu'il l'avait sauvé lui et sa famille de la captivité et de
la mort, et garanti sa maison de l'incendie et de la
destruction.

Il n'eut pas plutôt fini de prier qu'il sortit de nouveau de
la maison. Une pensée toute d'humanité s'était présentée à
son esprit pendant son dîner, et il n'aurait pu goûter aucun
repos tant qu'il en aurait été poursuivi. Des soldats blessés
étaient peut-être restés sur le champ de bataille, étendus
parmi les morts; de prompts secours pourraient les rendre
à la vie : c'était donc une vérification à faire sans délai. Il
se rendit à la maison commune, il y trouva le maire auquel
il fit part de ses soupçons. N'y eût-il qu'un seul homme à
secourir, lui dit-il; il est du devoir d'un chrétien de le faire.
Le maire partagea l'intention généreuse du maître d'école.
Il fit appeler sur-le-champ les hommes valides de la commune.

Douze hommes de bonne volonté avaient été désignés par
le maire pour aller à la recherche des blessés; et comme il ne
se trouvait plus dans le village ni chevaux ni bœufs, il fut
convenu que tous ceux qui avaient des brouettes les prête-
raient pour le transport des blessés s'il s'en trouvait. Une
trentaine de jeunes gens se joignirent aux douze hommes
déjà nommés, et tous ensemble s'acheminèrent vers le champ
de bataille, précédés du maître d'école, qui, malgré son
grand âge, ne manquait jamais de vigueur et de force lorsqu'il s'agissait d'être utile. On vit d'abord quelques morts

des deux partis étendus pêle-mêle; plus loin on trouva quatre Prussiens grièvement blessés, mais respirant encore. M. Sparman ordonna aussitôt à Joseph de courir au village pour en ramener le chirurgien. Non loin de ces blessés gémissait un Croate.

Le maître d'école déclara qu'il fallait prendre aussi le Croate, et le placer sur une brouette. Presque tous s'y opposèrent, les uns alléguant qu'on ne devait rien à un ennemi, les autres que le champ de bataille se trouvant sur le territoire d'un village voisin, et par conséquent ils ne pouvaient être tenus de se charger de ce blessé. — Mes amis, cria le maître d'école, ce ne sont pas là les leçons que je vous ai données. Le Croate aura mille fois le temps de mourir avant qu'on soit venu à son secours. Le ciel nous a conduits devant ce malheureux; ce n'est pas pour que nous l'abandonnions.

Ces paroles produisirent un bon effet : le Croate fut transporté au village avec les blessés prussiens. Les habitants étaient tout-à-fait au dépourvu, les riches comme les pauvres; et cependant les blessés reçurent tous les secours dont ils avaient besoin; c'est que l'humanité, la bienveillance, la charité, sont industrieuses. On les plaça dans les maisons qui offraient plus de commodité; mais ceux qui ne les logeaient pas chez eux ne se crurent point dispensés de l'obligation d'alléger la charge des autres, soit en donnant leurs soins, soit en contribuant aux fournitures de linge, d'aliments, de remèdes.

Quant au Croate, ce fut le maître d'école qui demanda qu'on le lui confiât. L'honnête Sparman craignit pour cet étranger l'effet des ressentiments que devait naturellement exciter l'aspect d'un Croate, ressentiments qui par malheur n'étaient que trop légitimes. Ce qui se passa dans sa propre maison, quand on lui amena son nouvel hôte, lui donna la certitude qu'il ne s'était point trompé dans ses prévisions. Frédérique et surtout Louise jetèrent les hauts cris.

— N'avons-nous pas assez de nos peines, de nos privations, disait madame Blum, pour qu'il faille les augmenter encore ? Et pour qui ? pour l'un des auteurs de nos désastres !

— Ma chère fille, lui dit M. Sparman sans s'émouvoir, suppose pour quelques instants que ton mari blessé est resté sur un champ de bataille de la Bohême, et que des Bohêmes l'ont aperçu expirant sur le sol : aimerais-tu mieux qu'on l'abandonnât à son mauvais sort, ou qu'on le transportât dans la maison de quelque généreux habitant qui tâcherait par ses soins de lui rendre la santé ? Ce que tu voudrais que les autres fissent pour lui, pourquoi ma chère fille, refuserais-tu de le faire pour les autres ?

— O mon père! mon père!... Louise profondément touchée n'en dit pas davantage ; mais au même instant elle courut chez toutes ses voisines pour demander du bouillon. Elle en trouva chez l'une d'elles, et, après l'avoir réchauffé, elle l'apporta elle-même au Croate, qui, ne pouvant la remercier, parce qu'il n'entendait pas l'allemand et que Louise ne comprenait pas le hongrois, mettait une main sur son cœur, élevait l'autre vers le ciel, et attachant sur elle des yeux humides de larmes, semblait lui dire : — Je garderai toujours dans mon cœur le souvenir de vos bontés, et je prierai Dieu qu'il vous en récompense.

Ensuite elle lava la blessure du Croate avec du vin chaud, et elle la couvrit d'une compresse en attendant l'arrivée du chirurgien. Cela fait, elle alla se jeter sur une litière de paille fraîche, car il ne restait plus de lit dans la maison. Joseph en fit autant ; il eut pour se couvrir un grand sac à avoine ; Louise s'enveloppa de vieilles hardes que les Croates avaient laissées. Frédérique se coucha auprès d'elle ; et comme le vieux père se disposait à en faire autant, Mathieu le conduisit à sa chambre où l'on avait dressé un lit passable. Le vieillard ne pouvait en croire ses yeux :

— Mais d'où vient donc tout cela? dit-il.

— Vous le devez à l'affection de vos anciens élèves et de leurs enfants, qui tous vous appellent leur père.

Cette marque d'attachement qu'il recevait des habitants, bien qu'elle eût été provoquée par Mathieu qui n'avait pas craint de demander pour son père, toucha M. Sparman jusqu'au fond de l'âme. Il se jetait à genoux pour remercier l'auteur de tous les biens, lorsque deux ou trois coups frappés rudement à la porte l'obligèrent de se relever. Louise, qui ne dormait pas encore, courut à la croisée.

— Ah! mon Dieu, s'écria-t-elle en rentrant, ayez pitié de nous; encore des hussards!

— Ne t'effraie point, ma fille, lui dit le vieillard, nous sommes sous la protection divine. Laisse-moi passer, que je voie ce que c'est. — Que veut-on? que demande-t-on? crie-t-il de la croisée.

— Etes-vous le maître d'école?

— Oui, Monsieur.

— Ouvrez-nous votre porte de suite, et ne craignez rien : on ne vous veut faire aucun mal.

— Je ne crains que Dieu, répondit le maître d'école; en même temps sa porte s'ouvrit.

X

— Bonsoir, maître d'école, dit en entrant un officier dont le costume annonçait un colonel. J'ai besoin de m'entretenir un peu avec vous.

— Si monsieur le Colonel veut prendre la peine de monter dans ma chambre, il sera mieux qu'ici.

— Je le veux bien. Toi, Frank, reste là et veille sur nos chevaux.

Quand ils furent arrivés à la chambre où, sur un signe du vieillard, on les laissa seuls, le colonel, tirant de sa poche une montre d'or :

— Connaissez-vous cette montre? dit-il; vous appartient-elle?

— Je crois la reconnaître; mais permettez que je m'en assure. Elle doit contenir dans un double fonds une superbe miniature, un portrait de femme.

En parlant ainsi, M. Sparman ouvrit la montre; et en voyant le portrait, il s'écria : — Oh! c'est bien elle.

— Elle est donc à vous?

— Elle n'est pas à moi; mais on me l'a donnée à garder.

— Qui vous l'a donnée à garder?

— Un hussard prussien.

— Et ce hussard prussien, qui est-il? où est-il?

— Monsieur, je n'ai jamais trahi, et je ne trahirai jamais la vérité; mais il peut m'être permis de la taire suivant les circonstances. Maintenant j'en appelle à votre loyauté : apprenez-moi, monsieur le Colonel, si je dois dire la vérité ou la cacher.

— Et moi, d'après votre ton et votre langage, je présume que dans ce que vous avez à me dire, il n'est rien de contraire à l'honneur. Parlez donc sans réserve, et faites-moi connaître des circonstances qui m'intéressent plus que vous ne pensez.

— Monsieur, le hussard prussien est mon gendre, et voici comment cette montre est tombée en ses mains.

Le régiment de mon gendre en vint un jour aux mains avec un régiment de hussards autrichiens; j'ignore lequel. Le combat fut long et opiniâtre, mais à la fin l'avantage demeura aux Prussiens. Un hussard autrichien resta seul engagé dans une lutte terrible; il avait pour adversaire mon gendre. Moins adroit ou moins heureux, le hussard autrichien reçut un coup mortel. Il tomba de cheval, et au bout d'une minute il expira.

— Le malheureux! il est donc mort! Ainsi, plus d'espoir. Il est mort! répéta le colonel en poussant un soupir, et en faisant quelques pas vers la croisée.

— Monsieur, si ce récit réveille en vous des souvenirs douloureux, souffrez que je l'interrompe.

— Non, non, continuez de grâce, je vous écoute.

— Mon gendre s'empara du cheval de l'Autrichien, de sa bourse et de cette montre. Vous savez assez que telle est la coutume des gens de guerre. Au moment de remonter à cheval, il entend du bruit derrière lui, il se retourne, et aperçoit une femme tenant par la main un jeune enfant; il entend qu'elle l'injurie. — Puisque tu as tué mon mari, disait-elle, charge-toi de nourrir cet enfant.

— Ah! je reconnais là cette femme, odieux artisan de la perte de son époux! Pardon! je vous interromps. Veuillez continuer.

— Le hussard lui jeta d'abord l'argent de son mari; le lendemain il se chargea de l'enfant, qu'elle parut joyeuse de lui abandonner.

— Et qu'a fait le hussard de cet enfant?

— Surpris à l'improviste par un ordre de départ, il envoya le petit Joseph à ma fille.

— Joseph! Oui... Vit-il encore, Joseph?

— Il vit, grâce à Dieu, plein de force et de santé.

Le maître d'école s'aperçut aisément, en regardant l'officier, que cette nouvelle lui faisait plaisir. Ce dernier continua d'interroger.

— Au bout de quelque temps, mon gendre écrivit à sa femme; il fit passer avec sa lettre une petite boîte où la montre était renfermée, et il recommandait instamment à ma fille d'avoir soin de Joseph, de le traiter comme son enfant, puisqu'il l'avait privé de son père, et de garder cette montre pour la lui remettre lorsqu'il serait grand.

— Votre gendre est un brave et loyal militaire. Comment s'appelle-t-il.

— Jean Blum.

— Jean Blum; laissez-moi inscrire ce nom sur mes tablettes. Si le sort des armes le rendait jamais mon prisonnier, il éprouverait à son tour qu'il y a des âmes honnêtes parmi les soldats autrichiens. Revenons à l'enfant, je vous prie.

— Nous l'avions reçu, ma fille et moi, sans le connaître, vous sentez que la lettre de mon gendre ne fit qu'augmenter l'intérêt que nous avait inspiré son infortune. Depuis son arrivée à Brémendorf, il ne nous a pas quittés un seul jour.

— Et lui avez-vous appris quelque chose? Pardon, monsieur le maître d'école; cette question, je le sens, je ne devrais pas la faire; mais si vous saviez...

— Monsieur, je ne vous demande pas le motif que vous pouvez avoir, bien qu'il me soit possible de le deviner. En disant ces mots, le maître d'école jeta les yeux sur le colonel, qui parut un peu troublé. Il continua. J'ai rempli envers Joseph les devoirs d'un chrétien, d'un père. J'ai tâché d'abord de purifier son cœur, de le rendre honnête. J'ai cherché ensuite à lui donner quelque instruction.

— Vous êtes un digne homme!

— Voulez-vous voir ses cahiers d'écriture, de calcul? Je puis vous les montrer.

Le colonel ayant paru le désirer, le maître d'école les prit dans sa grande armoire; c'était avec quelques vieux livres la seule chose que les Croates y avaient laissée. Le colonel les parcourut tous d'un bout à l'autre.

— Quand Joseph est entré chez vous, dit-il en reprenant la parole, savait-il déjà quelque chose?

— Monsieur, ce que je vais répondre à cette question vous affligera peut-être; mais vous voulez sans doute connaître la vérité... Non-seulement Joseph ne connaissait pas une lettre, mais il n'avait pas les premières notions de ce qui distingue l'homme de la bête.

— Et maintenant, êtes-vous satisfait de lui?

— Très satisfait, Monsieur.

— Ah! Dieu soit loué!

— Il est obéissant, actif, remplissant et aimant ses devoirs; il est honnête: il sera vertueux. Je lui ai donné pour l'occuper, dans ses moments de loisir, un lambeau de terrain où il a planté une pépinière, et il en prend le plus grand soin.

— Vous me faites plaisir. Ne pourrais-je le voir un instant ?

— Oui, monsieur; mais permettez-moi une observation. Si Joseph doit rester encore dans ma maison, je ne voudrais pas qu'il apprît qu'un homme de votre rang le connaît et s'intéresse à lui. La vanité, l'orgueil, de vagues espérances, que sais-je, pourraient se glisser dans son cœur; et mes soins alors...

— Je vous entends; mais ne craignez rien. Il faut que Joseph reste chez vous... encore... oui, chez vous; il ne saurait être mieux. Plus tard... Ah! je vous en prie, conduisez-moi vers lui.

Joseph dormait profondément. Sa figure ronde et potelée, son teint frais, coloré comme la rose, ses traits réguliers, rien n'échappa aux regards attendris du colonel. Il se baissa doucement, déposa un baiser sur sa joue, se releva sans faire de bruit, et, le cœur oppressé, il reprit le chemin de la chambre de M. Sparman.

— Autrefois, hier encore, dit le maître d'école, Joseph avait un meilleur lit; les Croates nous ont tout enlevé.

— Que voulez-vous ? ce sont là les chances de la guerre.

— Ah! je puis dire que mon gendre n'a pas à se reprocher ces tristes excès.

— Je le crois. Digne maître d'école, ajouta le colonel, reprenant ses tablettes, votre nom, s'il vous plaît ?

— Mathieu-Jacques Sparman.

— C'est bien. M. Sparman, continuez, je vous prie, de donner à Joseph vos soins et votre affection. Ce pauvre enfant !... c'est le portrait vivant de son père....

— Pourquoi ne diriez-vous pas de mon fils ? Monsieur.....

— Quoi ! vous penseriez ?

— Souffrez que je m'explique. Quand j'ai vu cette montre et la belle peinture qu'elle renferme, j'ai dit en moi-même : Voilà un bijou qu'on ne voit guère entre les mains d'un soldat. Le costume de cette femme n'est pas celui d'une femme du peuple. Si c'est là un bijou de famille, le hussard autrichien appartenait sans doute à des parents d'une classe élevée. Mais cette femme qui abandonne si cruellement son fils! Eh bien! le hussard aura fait quelque folie, il a épousé contre le gré de sa famille une femme peu digne de lui. Ah! peut-être, ai-je dit encore, ce hussard a pris cette montre sur un ennemi mort, comme mon gendre l'a prise sur lui. Dans ce cas, je me tromperais dans mes suppositions. Quoi qu'il en soit, élevons cet enfant que Dieu a remis en nos mains; qu'il soit honnête homme, c'est l'essentiel.

— Et ces réflexions que vous faisiez, M. Sparman, les avez-vous communiquées à d'autres?

— Jamais, Monsieur; ni à ma fille, ni à mon fils. Pourquoi en aurai-je parlé! Aujourd'hui vos questions, l'intérêt que Joseph vous inspire, tout me dit qu'il ne vous est pas étranger.

— Monsieur Sparman, dit alors le colonel en saisissant la main du vieillard, ce secret que vous avez entrevu, me jurez-vous de le garder jusqu'à ce que les circonstances me permettent de vous rendre votre parole?

— Monsieur, je vous promets, devant Dieu qui nous voit et nous entend, discrétion et silence.

— Eh bien! monsieur, Sparman, vous avez deviné; le père de cet enfant était mon fils. Le malheureux! il faisait ma joie et mon orgueil; les passions l'ont poussé hors du devoir. Indigné, je le déshéritai. Vous connaissez nos lois, nos coutumes, nos préjugés, si vous voulez; mais j'ai dû m'y conformer. Mon fils s'était engagé dans un régiment de hussards; j'en avais rendu grâce au ciel, car je craignais pour lui le déshonneur qui s'attache au vice. Là du moins, disais-je, il aura des devoirs à remplir; ces devoirs le protégeront contre de nouvelles faiblesses. Il est mort! qu'il repose en paix!

J'arrive à ce qui concerne cet enfant. Avant de le reconnaître, avant de lui assurer un état, j'ai des démarches à faire, des précautions à prendre. Mon second fils, ma fille, tous deux mariés, comptant déjà sur mon héritage, les ménagements que mon rang dans la société me prescrit de garder, tout m'oblige à faire un mystère de l'existence de cet enfant. Si les hasards de la guerre me permettent de voir la fin de cette campagne, j'irai me jeter aux pieds de l'empereur, j'obtiendrai de lui la réhabilitation du père de Joseph ; mais, à tout évènement, j'aurai soin dès demain de prendre quelques précautions pour assurer l'avenir de l'enfant.

Ce que je vous dis là, Monsieur, reste enseveli entre vous et moi ; j'ai votre parole, et j'ose y compter. Maintenant, permettez-moi de vous offrir cette bourse... Ne rougissez point, digne homme ! Ce n'est pas un salaire que je vous offre ; un salaire est peu fait pour vous ; c'est une partie de l'indemnité qui vous est due, et dans ce moment surtout où l'on vous a tout pris, ce serait une action presque insensée que de refuser le remboursement d'une dette que mon cœur regarde comme sacrée. Demain encore vous aurez, je l'espère, de mes nouvelles ; je reviendrai peut-être vous voir un jour. Je me retire ; ayez soin de Joseph.

En ce moment, le Croate, agité par un rêve, fit entendre quelques sons inarticulés.

— Il y a là quelqu'un ! dit le colonel un peu inquiet.

— C'est un Croate que nous avons trouvé blessé sur le champ de bataille ; on l'a porté chez moi.

Le colonel prit alors le chandelier et entra dans la chambre ; il secoua quelque temps le Croate avant de l'éveiller. Il y parvint pourtant, et il lui adressa plusieurs questions en hongrois. Le Croate y répondit dans la même langue. Il montrait sa blessure, indiquait de la main le maître d'école, et ses yeux exprimaient la reconnaissance. Le colonel prit la main de M. Sparman. Qu'on est heureux, lui dit-il, de rencontrer un homme honnête, bon et généreux ! Adieu, bon vieillard, je vous reverrai.

A ces mots, descendant l'escalier, il trouva son hussard fumant tranquillement entre ses deux chevaux. Au bout de peu d'instants, il était déjà loin du village.

M. Sparman ne dit à son fils que ce qu'il pouvait dire sans

violer sa promesse, parla de la bourse comme d'un don pro-
voqué par la circonstance, se coucha et s'endormit d'un
sommeil paisible, comme un homme qui a rempli son devoir et qui met en Dieu toute sa confiance.

XI

Le jour suivant, on réunit soigneusement tout ce qu'a-
vaient laissé les Croates; madame Blum fut chargée par son
père de faire la note des provisions de bouche.

— De quelle note me parlez-vous? Des pommes de terre
pour le déjeuner, des pommes de terre pour le dîner, des
pommes de terre pour le souper : est-il besoin que j'écrive
cela! Vous le savez comme moi, mieux encore, puisque vous
êtes descendu le premier dans la cave.

Le maître d'école se mit à sourire de l'humeur de sa fille,
et tirant de sa poche un ducat d'or qu'il lui remet : — Tiens,
lui dit-il, va faire un tour dans le village, tu trouveras peut-
être, en échange de cette pièce, l'assaisonnement de nos
pommes de terre.

Louise regarda le ducat, puis son père, cherchant à deviner dans ses yeux d'où venait cet argent; et comme son
père ne parut pas très disposé à la satisfaire, passant à l'objet de la commission qu'il lui donnait, elle s'écria :

— Je sais bien où je trouverai l'assaisonnement que vous
me dites; chez Françoise Kartz. Elle est heureuse, cette
femme! Elle a un caveau dont la porte placée dans un coin
se voit à peine : il était plein de porc frais et de porc salé,
de farine, de pain. Elle y avait fourré aussi ses meilleures
hardes à la première nouvelle de l'approche des Croates. Eh
bien, les Croates sont entrés chez elle, ont fureté partout,
et n'ont pas aperçu la porte du caveau.

— Cela est heureux pour elle, en effet, dit le maître d'école; et même pour nous, car nous ne mangerions pas cette pièce d'or.

Louise ne tarda pas à revenir avec des provisions, et elle se mit de suite à tout préparer pour le déjeuner. Ce premier repas, de même que le dîner, fut beaucoup plus gai qu'on n'aurait dû s'y attendre après les désastres de la veille; mais on remarquait dans les traits du vieillard du calme, du plaisir, du bonheur même; et comme Louise se réglait toujours sur son père, s'attristant ou se réjouissant avec lui, elle s'abandonna peu à peu à l'espérance que les beaux jours pourraient encore revenir.

Vers la fin du dîner, on entendit quelque bruit dans la rue; Frédérique courut à la croisée, et rentra sur-le-champ le visage enflammé. — Entendez-vous ce qu'on dit? — Le maître d'école entendit alors très distinctement crier dans la rue : — Nous sommes perdus! voici des hussards autrichiens.

A peu de distance du village, deux de ces hussards partirent au galop; ils demandèrent en entrant la maison du maître d'école; on la leur indiqua. Lorsqu'ils y furent arrivés, l'un d'eux descendant de cheval, et tenant dans la main une lettre, s'avança vers Sparman, en lui disant : — Vous êtes le maître d'école du village, celui que cette adresse désigne? Eh bien! voilà ce qu'on vous envoie.

Le maître d'école avait pris la lettre et rompu le cachet; il vit d'abord ces mots :

« Mon cher monsieur Sparman. »

— Ah! dit-il en se tournant vers ses enfants, soyez tranquilles; la lettre est d'un ennemi, mais d'un ennemi généreux, j'en suis sûr.

— Et moi, je parierais, s'écria Frédérique, qu'elle est de l'officier autrichien de hier soir.

— Je le crois comme toi, répondit le maître; mais voyons ce qu'il m'écrit.

« Mon cher monsieur Sparman, je n'ai pu empêcher votre village d'être pillé, mais je puis réparer en partie le mal qu'il a éprouvé. J'ai pris dès le matin les mesures les plus efficaces pour réunir les effets que les Croates avaient emportés. Je vous envoie tout ce qui s'est retrouvé; je pense qu'il y aura bien des choses égarées, mais vous saurez faire entendre à vos villageois qu'en de telles circonstances on est encore heureux de ne pas tout perdre. Je vous prie d'accepter un caisson qui renferme une petite cassette fermée et ficelée : elle vous est destinée; mais vous voudrez bien l'ouvrir seul. Je vous charge de faire la répartition de tout le reste, et je me félicite de pouvoir vous aider à faire quelque bien à vos villageois.

» Votre ami de hier seulement, mais pour toute la vie, S. O. H. »

— Eh bien! mes enfants, ne vous l'avais-je pas dit? Voyez s'il mérite le nom d'ennemi généreux que je lui ai donné; mais allons engager les hussards à se rafraîchir.

M. Sparman descendit aussitôt : les hussards étaient repartis. Peu d'instants après, on vit entrer au village un grand nombre de charrettes chargées, de voitures, de chevaux, de bêtes à cornes et à laine, etc. C'étaient les effets recouvrés.

La nouvelle ne tarda pas à se répandre dans Brémendorf, et aussitôt hommes, femmes, enfants, vieillards, accoururent; et sans attendre ni ordre, ni explication, chacun voulant reprendre ce qu'il reconnaissait, les uns montant sur les charrettes pour faire des paquets, les autres cherchant à emmener leurs vaches, leurs porcs, leurs moutons, en un instant la confusion devint extrême. Tous parlaient, criaient à la fois, allaient, venaient, se coudoyaient; le maître d'école ne pouvait se faire entendre : c'était une véritable scène de trouble et de tumulte.

Le maître d'école se rendit aussitôt chez le maire.

— Mon cher ami, si tu ne viens à mon aide et si tu ne t'armes de fermeté, il arrivera ici des choses plus fâcheuses encore que le pillage des Croates. Chacun prétend s'approprier ce qu'il dit être à lui, sans que sa propriété ait été reconnue; aussi plusieurs querelles existent déjà.

— Tu as raison, lui répondit le maire; le seul moyen d'empêcher les contestations, c'est de faire intervenir l'autorité. Marchons.

Aussitôt le maire arrive sur les lieux; le désordre allait toujours croissant.

— Au nom du roi de Prusse, s'écria le maire, que tout le monde me suive à l'instant sous le grand tilleul; l'acte le plus léger de désobéissance sera puni sévèrement.

Dans ce temps-là, l'autorité était respectée : tous baissent la tête, et, sans plainte, sans murmure, ils se rendent sous le grand tilleul. Seulement le maire commit quelques hommes sûrs à la garde des effets et des bestiaux.

— Mes enfants, dit le maire en élevant la voix, je me rends au milieu de vous avec celui que vous nommez tous votre père, afin de prévenir entre vous toute discussion. Hier, après que vous eûtes perdu vos effets, je vous ai vus si disposés à vous entr'aider! et maintenant que la Providence daigne vous les rendre, vous voulez faire succéder à l'union fraternelle qui ne formait de vous tous qu'une seule famille, les querelles, la jalousie, la haine?

Savez-vous, au surplus, à qui vous devez la singulière faveur de recouvrer cette portion de vos biens? Croyez-vous que c'est pour vous obliger que les Autrichiens renoncent à ce qu'ils tenaient par le droit de la guerre? Chez qui les hussards se sont-ils rendus? A qui cette lettre du commandant autrichien est-elle adressée? A M. Sparman, à votre digne maître d'école. Mais écoutez ce qu'on lui dit, ce qu'on lui recommande.

Ici le maire lut divers passages de la lettre, il insista sur ces mots : *Je vous charge de faire la répartition, etc.*

— C'est donc à lui, à lui seul, qu'appartient le droit de toucher à ces effets, et de vous les remettre à mesure que vous justifierez de votre droit de propriété. Il veut bien prendre cette peine, malgré la fatigue qui doit en résulter, pour lui; songez donc à le remercier.

Alors des cris répétés de *vive le bon père!* se firent entendre sous le grand tilleul; et la répartition, commencée à l'instant même, se termina heureusement.

— Mes enfants, dit le vieillard, tirons de tout ceci une leçon utile. Ne vous laissez pas aller à la mauvaise habitude de vous plaindre sans cesse. Le matin, en vous levant, au lieu de chercher à vous affliger de maux souvent imaginaires, jouissez des biens que le bon Dieu vous envoie. Votre poule a pondu, votre brebis vous donne un agneau, votre persil commence à lever, l'arbre que vous avez planté se montre en fleurs; vous rapportez une pièce de toile que vous avez tirée du lin de votre champ. N'allez pas exiger que la poule fasse deux œufs à la fois, ni la brebis deux agneaux, ni que les fleurs du matin deviennent des fruits le soir.

Maintenant, je veux qu'il vous arrive réellement quelque chose de fâcheux; tâchez, en ce cas, de trouver le remède, sans aller tourmenter les autres et détruire leur bonne humeur. Vous trouvez un cheveu dans votre potage, jetez-le sous la table sans le montrer. Une taupe s'est glissée dans votre planche de concombres, ne faites pas de bruit, mais tâchez de la saisir, et quand vous y aurez réussi, vous aplanirez la terre soulevée, et vous y sèmerez de nouvelle graine.

Je n'ai pas besoin d'insister, mes amis, pour vous faire comprendre que plus d'une fois nous nous sommes créé les peines qui nous affligent, tandis qu'avec un peu de réflexion nous aurions pu trouver autour de nous des sujets de satisfaction et de contentement.

Les soins qu'on avait donnés au Croate avaient eu le meilleur résultat pour lui; à l'époque de la moisson, sa santé parfaitement rétablie lui permit de se mettre en route. Il ne pouvait guère se faire entendre que par signes, mais il sut les rendre si expressifs qu'ils peignirent très bien la reconnaissance qu'il emportait des procédés généreux de ses hôtes.

Mais quand madame Blum voulut ranger la chambre qu'il avait occupée, et relever la paille qui lui servait de lit, trouvant un portefeuille qu'elle reconnut, elle poussa tout-à-coup un cri si perçant qu'il jeta l'alarme dans la maison. Le maître d'école fut tellement effrayé que dans le mouvement convulsif qu'il éprouva ses lunettes tombèrent, et sa plume chargée d'encre alla tacher une page du compte qu'il rédigeait en ce moment pour la commune. Il courut aussi vite que ses jambes le lui permirent, en criant :

— Qu'est-ce donc? qu'est-il arrivé?

— O grand Dieu! disait madame Blum avec l'accent du désespoir, et joignant les mains par-dessus la tête, quel malheur affreux!

— De quel malheur parles-tu, ma fille?

Louise n'avait pas la force de répondre un mot, mais elle laissa tomber sur la table un portefeuille, se jeta elle-même sur une chaisse, et continua de pleurer et de sangloter.

Quand le maître d'école eut le portefeuille, il n'eut pas de peine à s'expliquer l'horrible douleur de sa fille. Le portefeuille était celui de son gendre.

Le père et la fille gardèrent pendant quelques minutes un morne silence. Louise le rompit la première.

— Eh bien! mon père, que dites-vous de ce que vous voyez?

— Je dis que Dieu a voulu, par un acte particulier de sa providence, que ce portefeuille tombât en nos mains.

— Vous croyez donc que mon mari est mort?

Et ici des larmes amères coulèrent encore de ses yeux.

— Je ne dis pas cela, ma fille; il a pu n'être que blessé, tomber vivant entre les mains des ennemis. Qui ne sait les chances de la guerre! Mais enfin, s'il était mort, oserais-tu, ma fille, accuser Dieu qui l'aurait voulu?

— Ah! je le sens à ma douleur, Blum n'est plus, et moi, malheureuse, pourrai-je lui survivre! Que deviendrai-je sans mon cher mari? Oui, sans lui, je hais, je déteste la vie.

— Il n'est pas possible, ma fille, de rien obtenir de toi dans ce moment, de te faire rien entendre; pleure, pleure donc, que ton cœur se soulage de sa douleur par les larmes. Je te quitte un instant; j'ai besoin d'être seul pour penser au parti que nous allons prendre.

Cependant la triste nouvelle ne tarda pas à se répandre dans le village. Louise l'avait confiée à son frère, celui-ci à sa femme, sa femme à son père. De là le bruit avait couru partout que Jean Blum avait été tué par un Croate; il y eut même des gens qui, mieux instruits que les autres, comme cela arrive toujours en pareille circonstance, dirent que le Croate portait la chemise ensanglantée de Blum, et qu'on y voyait près du col le trou fait par la balle. Peu de temps après, quelques amis, et non moins de curieux, vinrent visiter la veuve, et demandèrent à voir la chemise et le trou de la balle.

Le maître d'école trouva la chambre de sa fille pleine de gens qui avaient l'air de se désoler; il en entendit qui vomissaient des imprécations contre le Croate, qu'on aurait dû abandonner aux chiens et aux corbeaux, sur le champ de bataille d'où on l'avait retiré. M. Sparman réclama le silence, et chacun se tut.

— Je vous remercie, mes amis, de la part que vous prenez au malheureux évènement qui nous afflige; je dois vous avertir pourtant que nous ne devons ni souffrir que la douleur nous abatte, ni nous laisser emporter à des imprécations qui ressemblent trop à des murmures contre la Providence divine. Si mon gendre était mort (ce qui n'est pas prouvé), c'est que Dieu, qui l'a permis, aurait eu pour cela quelque dessein dont il veut encore nous faire mystère. Ne vous rendez pas surtout coupables envers le Croate qui sort d'ici. Il a tué, dites-vous, ce pauvre Blum; mais Blum était son ennemi. Quand deux soldats ennemis se battent l'un contre l'autre, vous savez ce qui arrive. Qui vous a dit d'ailleurs que mon gendre n'est plus? je compte bien, moi, le revoir un jour.

Ainsi, encore une fois, je vous remercie des témoignages d'affection que vous nous donnez; mais vous voudrez bien nous permettre de nous concerter en famille sur ce qui nous reste à faire.

A cette prière, tous s'étant levés, ils se retirèrent les uns après les autres. Dès que le maître d'école se vit seul avec ses enfants :

— Ecoutez-moi, leur dit-il. Qui a conduit chez nous ce bon colonel de hussards, et qui d'abord avait fait tomber dans ses mains la montre qu'il a reconnue! Qui a mis ensuite le portefeuille de Blum au pouvoir de sa femme? Vous me direz : C'est Dieu. Eh bien! je crois entendre la voix de ce bon père de tous les hommes; et toi Mathieu?

— Je crois aussi l'entendre, mon père; il nous dit : Allez trouver l'honnête colonel; demandez-lui des renseignements sur le sort de Blum; s'il ne peut vous en fournir lui-même, parce qu'il n'en a pas, il pourra plus aisément que vous s'en procurer.

— Tu as parfaitement compris, mon fils; mais qui de nous ira trouver le colonel!

— Ce sera moi, mon père.

— Tu te trompes, l'officier autrichien ne te connaît pas.

L'invalide voulut faire quelque objection, mais le maître d'école avait pris son parti. Il s'occupa, sans délai, des préparatifs de son voyage, qu'il croyait pouvoir terminer en peu de jours; aussi ne prit-il sur lui que deux ducats et quelques gros, et il laissa aux mains de son fils la bourse qu'il avait reçue, en lui reccommandant de nouveau la discrétion envers sa femme et sa sœur; car il ne voulait pas qu'elles crussent qu'il était possesseur d'une somme considérable, de peur qu'elles n'en perdissent le goût du travail. Dès que le jour parut, il se leva, embrassa ses enfants, et Joseph qu'il appelait aussi son fils, monta sur un mauvais cheval, compagnon assidu de vingt-cinq ans de travaux, et se mit en route, emportant les vœux et les bénédictions de la famille. Jamais on ne souhaita de meilleur cœur bon voyage. Lorsqu'il fut parti, ses enfants montèrent sur une colline pour le voir le plus longtemps possible, et ils y restèrent jusqu'à ce qu'un bois que traversait la route l'eut dérobé à leurs regards.

XII

Plusieurs jours se passèrent, et le vieux père ne revenait point; on commença d'éprouver quelque inquiétude. Ce fut bien pire lorsque deux semaines se furent écoulées; Louise, Frédérique, ne cessaient de demander à Mathieu ce qu'il pensait de ce retard; et Mathieu répondait : — Notre bon père est entre les mains de Dieu, il ne peut rien lui arriver que Dieu ne l'ait permis; espérons donc en sa bonté.

Le troisième dimanche à compter du départ, ils se rendirent tous ensemble à l'église. Mathieu fut chargé de conduire le service divin en l'absence du curé qui officiait dans un village voisin. Dans cette partie de l'Allemagne, chaque paroisse renferme d'ordinaire plusieurs villages qui tous ensemble n'ont qu'un desservant. Quand le pasteur remplit ses fonctions dans un de ses villages, c'est le maître d'école qui le remplace dans les autres, est c'est là en partie l'une des causes qui font jouir ce dernier de tant de considération.

Mathieu faisait, du haut de la chaire, lecture d'un prône tiré d'un livre de sermons. On l'avait écouté avec attention pendant quelque temps; mais bientôt plusieurs personnes commencèrent à parler ensemble en se tournant vers l'orgue. Au bout de deux minutes toutes les têtes suivirent ce mouvement, les femmes comme les hommes, ce fut d'abord de légers murmures, ce fut ensuite un bourdonnement qui allait toujours croissant. Mathieu s'arrêta; il regardait les interrupteurs, avec l'air de leur dire : Eh bien! voulez-vous m'entendre? Voyant à la fin que les discussions augmentaient, il ferma son livre, et se contenta de dire : *Amen.*

A peine eut-il prononcé ce mot, qu'un jeune garçon qui se tenait derrière lui, le tirant par le bras, lui dit : — Ce bruit, en savez-vous la cause? c'est que votre père est arrivé.

— Mon père! Où est-il?

— Là bas, derrière l'orgue.

— Cours, va dire à l'organiste qu'il ouvre tous ses régistres pour accompagner un cantique ; et aussitôt qu'il s'aperçut que l'organiste était prêt, il entonna d'une voix forte le cantique commençant par ces mots : *Tout ce que Dieu fait est bien.*

Alors le vieux maître d'école s'avança dans l'église, et se laissa voir à tout le monde. S'il n'avait pas su combien chacun le chérissait dans la commune, il l'aurait appris dans cette occasion; tous les yeux s'étaient tournés vers lui, et dans tous il pouvait remarquer de douces larmes d'allégresse.

Quand on sortit de l'église, la foule se pressa devant lui; il put à peine recevoir les embrassements de sa famille. Les questions n'attendaient pas les réponses; elles se succédaient rapidement.

— Mes amis, leur dit-il, vous êtes en grand nombre pour m'interroger, et je suis seul pour répondre. D'un autre côté, j'ai fait un long voyage, j'arrive, et j'ai besoin de repos, donnez-moi le temps de prendre haleine, et je satisferai votre curiosité.

— Il a raison, mes amis, dit le maire. Ne tourmentez pas davantage ce bon vieillard.

Le maître d'école ne tarda pas à se trouver seul avec ses enfants.

— Mon cher père, dit alors Louise, vous avez bien fait de ne point répondre à tant de questions indiscrètes; mais permettez à votre fille de vous en faire une seule. Blum est-il mort ou vivant?

— Je crois qu'il vit encore, et, s'il vit, je crois aussi qu'il se porte bien.

— Vous ne l'avez donc pas vu ?

— Voici la seconde question ; puis viendra la troisième, la quatrième..... Allons d'abord chez nous, et quand j'aurai pris un peu de repos, et dîné, mes enfants, car j'ai grand appétit, je vous raconterai ce qui m'est arrivé.

Louise se hâta de mettre le couvert, et de servir tout ce qui se trouvait prêt. Le maître d'école dîna bien, but quelques petits verres de tokai, et puis s'alla jeter sur son lit, où il reposa quelques heures.

Dès qu'il fut réveillé, il ouvrit la porte de sa chambre, et ses enfants entrèrent suivis de quelques amis de la maison. Quand tous eurent pris des siéges, il commença de la manière suivante :

« Je ne savais de quel côté je devais diriger mes pas; car, au lieu de me rapprocher de mon officier, je pouvais m'en éloigner davantage. Aucuns de ceux que j'interrogeai ne me donnèrent de réponse satisfaisante. Je me souvenais très bien de son nom, mais j'ignorais celui de son régiment ; aussi personne ne pouvait-il m'apprendre où était celui que je cherchais ; lorsque, épuisé de fatigue, j'arrivais le soir à une auberge, et que je ne me trouvais pas plus avancé que le matin, triste et découragé, j'étais sur le point de m'en retourner. Un jour pourtant j'appris que les hussards qui avaient pillé notre village appartenaient au régiment de Nadasty. Cette découverte me rendit un peu d'espérance, et je pris ma route vers le lieu où l'on me dit que ce régiment cantonnait.

» Arrivé aux frontières de la Bohême, je rencontrai une sentinelle avancée à cheval. Cet homme m'arrêta, et me demanda mon passeport. Je n'en avais point. Dans le moment de trouble qui précéda mon départ, j'oubliai d'en prendre un, et j'avoue à ma honte que je n'y pensai plus. Le soldat m'ajuste de sa carabine et me dit : Si tu fais un pas, tu es mort; en même temps il crie : *A la garde!* Plusieurs soldats

accourent, ils demandent ce qu'il y a. Tenez, répond le fac-
tionnaire, chargez-vous de cet homme; c'est un espion. »

— O pauvre père! s'écria Mathieu. — Pauvre père! répé-
tèrent les bons habitants de Brémendorf! Les femmes fon-
daient en larmes; et Joseph, qui voyait pleurer sa chère
maman, pleurait aussi de toutes ses forces, bien qu'il ne
comprît pas ce qu'il y a de terrible en temps de guerre dans
l'accusation d'espionnage.

« J'étais pourtant fort tranquille, continua le maître d'é-
cole. Ce fut alors que je sentis que, dans les situations les
plus désespérées, on est heureux d'avoir une conscience
nette et de se confier en Dieu.

» On me conduisit de poste en poste au quartier-général
de la division cantonnée en ce lieu. Ce qu'il y eut de pire,
ce fut la perte de mon cheval dont on s'empara. Je me vis
obligé de marcher, ou, pour mieux dire, de courir à pied à
côté du cavalier qui me conduisait. Nous arrivâmes au camp
autrichien. — Voici un espion, dit le cavalier à un officier
supérieur. — Au prévôt, répondit l'officier; et il s'éloigna
sans daigner jeter sur moi un regard.

» Ce fut pour votre pauvre père un cruel moment. J'étais
excédé de fatigue, et il fallut courir encore.

» — Allons, marche, coquin, me dit le cavalier, et bon
train encore : sinon, prends garde à mon sabre.

» Alors, je m'arrêtai, et regardant le soldat autrichien
d'un œil fixe, je lui dis : — Cavalier, as-tu ton père?

» — Oui; eh bien!...

» — Si tu voyais traiter ton vieux père comme tu me
traites, que ferais-tu ?

» — Mon père est un honnête homme.

» — Et moi aussi, camarade, ajoutai-je en le prenant par
la main. Peux-tu penser qu'à mon âge (vois donc ces cheveux blancs), qu'un pied dans la tombe, je serais devenu un
misérable espion?

» L'Autrichien parut un peu ému de ces paroles; il mit
pied à terre.

— Puisque tu ne peux marcher aussi vite que mon cheval, me dit-il, j'irai à pied comme toi. Nous cheminâmes pendant quelque temps, et je racontai à cet homme toute mon histoire, depuis le pillage de Brémendorf jusqu'à ce jour.

» — Ecoute, bon vieillard, me dit-il quand j'eus fini, tu m'as inspiré de la confiance : va où tu voudras, je te quitte ; je ne veux pas que ton sang retombe sur ma tête. A peine eut-il fini de parler qu'il sauta légèrement sur son cheval, et qu'il s'éloigna au galop.

» Je restai quelque temps immobile sur la route, ne sachant si je devais avancer ou retourner sur mes pas. Ce titre d'espion qu'on pouvait me donner encore me faisait trembler. Le bruit du tambour me tira de mon incertitude. Je vis un corps nombreux d'infanterie qui s'avançait de mon côté. Je fus d'abord tenté de m'enfoncer dans le bois qui bordait la route ; mais je réfléchis que, si Dieu voulait que je fusse encore arrêté, je me rendais suspect en fuyant. Je marchai donc vers les soldats d'un pas ferme et assuré. Les soldats passèrent et ne firent point attention à moi ; de mon côté, je continuai de marcher sans savoir où j'allais. J'arrivai très fatigué à un petit village qui n'avait qu'une bien mauvaise auberge. Tout ce que je pus m'y procurer, ce fut un morceau de pain de munition que je payai fort cher.

» Je finissais ce maigre repas quand deux hussards entrèrent dans l'auberge. L'un d'eux me demanda mon passeport, et, sur ma réponse, il me donna, comme la sentinelle avancée, l'humiliante qualification d'espion. Il m'ordonna de le suivre, j'obéis : je n'avais ni la volonté ni le pouvoir de résister. Je voulus pourtant essayer de le convaincre de mon innocence ; il ne m'écouta pas : tout ce que je pus obtenir de lui, ce fut qu'il modérât le pas de son cheval.

» Ici, mes enfants, il faut que je l'avoue, malgré ma résignation aux décrets de la Providence, je tombai plusieurs fois dans le découragement. Toutefois, quand je me rappelais ma maxime favorite : *Tout ce que Dieu fait est bien*, j me sentais ranimer, je redevenais homme. C'est par ce chemin si pénible et si rude, pensais-je, que Dieu me conduira peut-être à quelque chose d'heureux.

» Nous marchions depuis trois quarts d'heure ; soudain , au détour d'un petit bois, nous rencontrâmes deux hussards. Pourrai-je vous peindre ma surprise , lorsque l'un d'eux , se précipitant en bas de son cheval, vient à moi, me serre dans ses bras, prend mes mains, les couvre de baisers, et d'un ton très animé, qui partait du cœur, parle à ses camarades, non moins étonnés que moi-même, de ce qu'il croit me devoir. Il n'est pas nécessaire que je vous nomme le Croate blessé que nous avons soigné. »

— O juste ciel! s'écrie Louise fondant en larmes, et moi qui ne voulais point le recevoir! Et pourtant s'il a tué mon mari!...

« Il ne l'a pas tué; mais laissez-moi poursuivre mon récit. Quand le bon Croate apprit du hussard qui me conduisait que j'étai un espions, il se mit presque en fureur contre lui; il découvrit sa poitrine, montra la cicatrice de sa blessure, me désignait de la main, et quoiqu'il s'expliquât en hongrois, je compris bien qu'il racontait ce que nous avions fait pour lui; je compris de même qu'il m'appelait son père.

» J'appris ensuite qu'il s'était levé une discussion entre le hussard qui m'avait arrêté et mon brave Croate. L'un et l'autre voulaient m'emmener : ce dernier, pour que je fusse libre, l'autre pour me remettre aux mains de ses supérieurs. Mon Croate jura qu'on ne m'aurait qu'après lui avoir ôté la vie; et comme son camarade se montra disposé à prendre aussi ma défense, le hussard prit son parti de bonne grâce, et s'en retourna. Le Croate voulut d'abord que je montasse en croupe avec lui; mais sur l'observation que lui fit son camarade qu'il avait marché beaucoup ce jour-là et la veille, ce qui avait sans doute beaucoup fatigué son cheval, je montai derrière le camarade qui, par bonheur, parlait un peu l'allemand, et me servit d'interprète dans les questions que j'adressai au Croate et les réponses qu'il me donna.

» Je lui demandai d'abord s'il se souvenait d'un porte-feuille oublié chez moi.

» — Oui, je m'en souviens; je m'en aperçus même à peu de distance de Brémendorf; et si je ne rebroussai pas che-min, ce fut parce que je savais qu'il ne contenait rien que quelques lignes allemandes que je n'entendais pas.

» — Pourriez-vous, mon ami, me dire d'où vous teniez ce portefeuille?

» — Je crois que ce fut à l'attaque d'un convoi prussien que je le pris; nous étions en Moravie. Les Prussiens se dé-fendirent bien; mais ils furent contraints de se rendre. J'en vis un qui s'était battu comme un lion; il montait, je le vois encore, un cheval blanc; le pauvre animal reçut une balle dans la tête, il tomba mort; mais en tombant, il renversa son cavalier; sans cela nous ne l'aurions pas pris. Plusieurs de mes camarades l'entourèrent; il voulait se défendre en-core quoique démonté, et sans doute on l'aurait tué, car plusieurs fusils se dirigeaient vers sa poitrine; alors je m'a-vançai seul, le pris par la main; il me rendit son sabre, et devint mon prisonnier. Aussitôt il m'offrit de lui-même tout ce qu'il avait dans ses poches; j'acceptai, parce qu'il aurait été dépouillé par un autre; pour moi, j'avais l'intention de lui tout rendre, car j'aime un brave, même dans un ennemi; mais je ne pus jamais me retrouver avec lui; nous fûmes joints par d'autres Croates qui amenaient encore des prison-niers, et tous les prisonniers, après avoir été enfermés en-semble, furent dirigés dès le lendemain sur la Hongrie.

» Le Croate, par l'intermédiaire de son camarade, s'ex-prima à peu près ainsi. Je lui appris à mon tour que son prisonnier était le mari de ma fille; que la découverte du portefeuille nous avait tous jetés dans la tristesse et la cons-ternation; que nous craignions que mon gendre ne fût mort, et que j'étais parti dans l'espérance de connaître son sort; et, dans le cas où il ne serait que prisonnier, d'intéresser à sa délivrance le colonel Norwath.

Notre régiment est campé à côté du sien, nous vous con-duirons à lui.

» Je ne puis vous dire tous les soins, toutes les préve-
nances dont me comblèrent les deux Croates. Nous nous
arrêtâmes vers le soir à une auberge où je pris un repas
meilleur que celui du matin; une heure après nous arrivâmes à la petite ville d'Arnau, près des sources de l'Elbe.
C'était là, m'assura le Croate, que je trouverais le colonel;
il ne se trompait point.

» Le colonel me reconnut aussitôt qu'il m'eut aperçu; je
fus accueilli comme un ancien ami. »

« — Vous ici, **bon** vieillard? Que venez-vous faire en
Bohême?

» — C'est vous, Monsieur, lui répondis-je, que je viens
chercher si loin. A qui s'adresser en ce monde, quand on a
besoin des autres, si ce n'est à ceux qu'on estime?

» Je lui racontai alors tout ce qui m'était arrivé, les dangers que j'avais courus, et le secours que la Providence
m'avait si heureusement envoyé, en conduisant sur mes pas
les deux Croates.

» — Mon ami, reprit le colonel, vous voilà tout mouillé;
vous êtes resté exposé au froid et à la pluie; vous avez
passé de mauvaises nuits et de plus mauvais jours : il vous
faut maintenant une poêle bien chaud, des habits secs, un
bon souper, un bon lit. On va vous conduire dans la chambre qui vous est destinée. A propos, demanda-t-il à un de
ses hussards, où sont les deux Croates! s'ils sont encore là,
faites les entrer. Ils ne tardèrent pas à se montrer. Les braves
gens n'auraient pas voulu repartir sans avoir pris congé de
moi. Le colonel les loua beaucoup de leur conduite, et il
leur donna une lettre de recommandation très pressante
pour leur colonel. Ils vinrent ensuite m'embrasser l'un et
l'autre; notre blessé me donna cent fois encore le nom de
père, heureux et fier d'avoir pu me montrer qu'il portait un
cœur reconnaissant. Voilà, mes amis, celui que vous avez
traité, je m'en souviens, de monstre, de brigand, de scélé-
rat, après que Louise eut trouvé le portefeuille; tant il est

5

vrai qu'il ne faut jamais juger ni les choses ni les personnes sur les apparences.

» Après le départ des Croates, nous échangeâmes encore quelques mots, le colonel et moi ; puis il me souhaita le bonsoir, et me laissa maître de me retirer dans ma chambre. »

Ici M. Sparman ne parla point des questions que le colonel lui avait faites sur le compte de Joseph, ne voulant pas mettre ses filles dans la confidence ; son fils lui-même ne savait pas tout : on sent qu'il était inutile d'initier les voisins à des choses que ses enfants mêmes devaient ignorer. Il reprit en ces termes :

« Je trouvai ma chambre très chaude, ce qui me fit grand plaisir, car j'avais bien froid ; un hussard qui m'y attendait m'offrit du linge, des bas, des souliers, un habillement complet ; c'est celui que vous me voyez ; le colonel n'a point voulu me permettre de reprendre le mien. A peine ma toilette était-elle terminée, qu'un domestique vint mettre le couvert sur une petite table qui se trouvait là ; je n'attendis pas longtemps le dîner ou le souper, comme vous voudrez l'appeler. Le domestique, qui était hongrois, me fit signe de me mettre à table, ce que j'exécutai sans cérémonie.

» Le lit qu'on m'avait préparé était si mollet que je craignis d'abord d'y avoir trop chaud et de ne pouvoir dormir. Mais je ne m'y fus pas plutôt étendu que, gagné par le sommeil, je m'endormis très profondément ; je ne fis qu'un somme.

» Le colonel entra lui-même dans ma chambre dès qu'il supposa que je pouvais être levé. Il me parla d'abord d'une chose dont il m'avait déjà entretenu ici le soir que nous eûmes sa visite ; puis il me questionna sur ce qui m'amenait. Le généreux colonel m'écouta avec beaucoup d'attention ; et quand j'eus terminé mon récit, mettant sa main dans la mienne : — Mon cher maître d'école, me dit-il, je vous promets que votre gendre... N'est-ce pas Jean Ralph qu'il s'appelle ?

» — Non, Monsieur, lui dis-je; Jean Blum.

» — Oui, oui, Jean Blum; au reste, j'ai là son nom inscrit sur mes tablettes. Soyez assuré que je ferai tout ce qui sera en mon pouvoir pour le découvrir, et j'y parviendrai aisément, s'il est au nombre des prisonniers qu'on a envoyés en Hongrie. S'il est vivant... je ne vous dirai rien : un homme d'honneur ne se vante pas de ce qu'il doit faire, il le fait. Ah ! s'il était mort, ce qu'à Dieu ne plaise, j'en serais bien fâché; mais, vous le savez, nous sommes tous mortels.

» Mes affaires m'appellent maintenant; je ne vous verrai peut-être pas d'aujourd'hui; mais n'oubliez pas que vous êtes ici chez un ami.

» — Et vous me permettrez, dis-je en l'interrompant, de regagner mon village, car tous mes enfants doivent éprouver de mortelles inquiétudes.

» — Vous avez raison, me dit-il, et je donnerai des ordres pour que vous puissiez partir demain.

» Eh bien ! me dis-je quand je fus seul, est-il vrai que tout ce que Dieu fait est bien ? Si je n'avais pas rencontré la sentinelle perdue, je n'aurais pas pris sans doute un chemin qui ne m'aurait pas conduit à l'auberge où je fus arrêté pour la seconde fois; et si je n'avais pas été arrêté à l'auberge, je n'aurais pas retrouvé mon brave Croate. Ah ! que jamais il ne nous arrive de murmurer contre la Providence! Nous ignorons ses desseins lorsqu'elle agit, et par cela même il nous semble qu'elle nous poursuit comme une ennemie; gardons-nous de l'accuser, car malgré les orages et les tempêtes qui nous accueillent en route, elle sait, quand elle le veut, nous conduire au port.

» Je parcourus les environs d'Arnau, et je trouvai partout de belles campagnes; mais, à dire vrai, je pris peu de plaisir à ces promenades; vous étiez tous présents à ma pensée, mes chers enfants; je me peignais vos transes, vos angoisses, et je brûlais de me rapprocher de vous. Je ne vis pas, ce jour-là, le colonel; il resta au quartier-général;

mais le lendemain de grand matin il vint dans ma chambre.

» Il s'assit familièrement à côté de moi, la pipe à la bouche; premièrement il me demanda comment nos habitants avaient reçu les effets renvoyés. Je ne lui cachai rien de la vérité, et les détails que je lui donnai l'amusèrent. Ensuite il m'exprima le regret de ce que la restitution n'avait pu être entière; les Croates, dit-il, ayant déjà disposé d'une bonne partie de leur butin. Je déteste, dit-il, cette habitude de pillage qui fait dégénérer la guerre en système organisé de brigandage et de rapine. J'empêche mes gens de piller autant que je le puis; quelquefois nos généraux les y autorisent par politique. Je me contente alors de hausser les épaules; mais dans l'occasion je dis hautement ma façon de penser. Des soldats pillards ne sont à mes yeux que des voleurs armés.

» — Ah! Monsieur, lui dis-je, que nous serions heureux si tous les officiers vous ressemblaient : la guerre alors aurait des résultats moins funestes!

» Le colonel me promit de nouveau ses bons offices en faveur de mon gendre; puis il me remit un passeport avec lequel je pourrais traverser librement tout le territoire autrichien, me recommandant seulement de l'anéantir dès que j'arriverais sur les terres de Prusse; il m'annonça aussi que je retrouverais mon cheval à la frontière, au lieu même où on me l'avait pris. »

M. Norwath avait ensuite longuement parlé de Joseph. Il confia au maître d'école qu'il venait de faire un testament pour le cas où il lui arriverait de mourir avant d'avoir pu assurer le sort de l'orphelin par un acte solennel de reconnaissance. Ce testament contenait un legs assez fort pour le mettre à l'abri du besoin; mais il avait imposé à celui qu'il chargeait du payement du legs la condition de cacher au légataire le nom du testateur et la nature des liens qui l'attachaient à lui.

— Je ne veux pas, dit-il, si je suis tué avant de l'avoir introduit dans la famille, qu'il acquière la connaissance d'un fait qui, tout en réveillant la vanité dans son cœur, ne pourrait y laisser que des regrets. Qu'il soit heureux dans une condition médiocre! Aussi je vous conseille de continuer à l'élever comme vous avez fait jusqu'ici?

— Et les papiers que vous m'avez confiés? dit le maître d'école.

— Vous les garderez, tant que vous recevrez de mes nouvelles. Si je cessais de vous écrire et de vous faire tenir la pension de mon petit-fils, vous pourriez hardiment me tenir pour mort; et comme, dans ce cas, mon exécuteur testamentaire prendra des mesures convenables en faveur de Joseph, vous pourrez brûler ces papiers, dont cet enfant n'aurait nul besoin.

— Et si moi-même je viens à mourir? car je suis déjà vieux...

— Vous avez un fils. Le fils d'un homme tel que vous doit être honnête; je vous autorise à lui confier notre secret. Nous ne mourrons peut-être pas tous ensemble.

En racontant les évènements de son voyage, le maître d'école avait omis toute cette partie de l'entretien qu'il eut avec le colonel; mais peu de jours après, appelant son fils en particulier, il lui fit la confidence que, lié par sa promesse, il avait retenue. Mathieu à son tour, jura dans les mains de son père qu'il ne trahirait point la promesse du colonel.

Revenons au récit du maître d'école.

« Le digne colonel me tendit la main cordialement, me souhaita toute sorte de prospérités, ainsi qu'à ma famille, sans oublier ce gaillard-là qu'il vit endormi, et auquel il donna un baiser sur la joue, en allant voir le Croate... »

— Je ne m'en souviens pas, dit Joseph.

— Comment veux-tu t'en souvenir, lui dit le père en riant, puisque tu dormais?

« Lorsque j'eus pris congé du colonel, je m'armai de mon bâton, disposé à faire ma route à pied; mais je trouvai à la porte une belle voiture attelée de deux chevaux noirs. Un domestique se tenait à la portière, m'invitant par signes à

monter. Je ne pouvais croire que cette voiture me fût destinée; je fis semblant de ne pas remarquer les signes du
domestique; mais alors le colonel qui s'était mis à une croisée, m'appelant par mon nom : — M. Sparman, me dit-il,
montez sans façon; mes gens vous conduiront jusqu'à la
frontière de la Bohême, où, ainsi que je vous l'ai déjà dit,
vous retrouverez votre cheval.

« Je ne refusai plus et montai dans la voiture; comme elle
était traînée par d'excellents chevaux, nous atteignîmes en
peu d'heures les frontières de la Bohême. Nous nous arrêtâmes au lieu où j'avais été retenu comme un espion à mon
arrivée; on m'y attendait, car on ne tarda pas à ramener
mon pauvre cheval que j'avais cru perdu. Je fis quelques
légères libéralités aux domestiques qui m'accompagnaient,
et même aux soldats du poste où je revis mon vieux serviteur; je le pouvais, quoiqu'on m'eût dépouillé de mon argent; car le colonel, avant de me quitter, me glissa deux
ducats dans la main pour les frais du voyage.

» Dieu soit loué! dit le maître d'école en finissant, puisque
je me retrouve au sein de ma famille qui bientôt, je l'espère, s'augmentera de mon gendre. Si le ciel daigne un jour
nous réunir tous, nous le prierons de ne point nous séparer
encore de quelques années. »

XIII

Quelques mois s'écoulèrent dans un calme parfait, qui ne
fut pas même troublé par la crainte des orages. Chacun vivait content et satisfait, s'occupant tous les jours de ses travaux, et rapportant à la table commune de la gaîté, de la
complaisance, et même de l'indulgence; car l'indulgence est
un sentiment presque toujours nécessaire à qui recherche la
société des autres. Joseph continuait de s'appliquer, et il

apprenait facilement; il était surtout enthousiasmé de sa pépinière, qui commençait à donner quelques bourgeons. Il avait pour ses parents une affection véritable. Les deux femmes s'occupaient constamment de leur ménage; plusieurs pièces de toile du fil sorti de leurs rouets, remplacèrent le lin qu'elles avaient perdu. Le vieux père et son fils se livraient gaiment aux soins de leur école; les enfants y faisaient des progrès sensibles; leurs cahiers étaient parfaitement tenus; leur mémoire et leur jugement exercés par des compositions fréquentes; aussi quand le jour de l'examen arriva, ils s'en tirèrent à leur honneur et à la gloire de leurs maîtres.

Il n'est point sur la terre de bonheur durable. Au bout de peu de temps, la paix fut altérée; le maître d'école perdit l'appétit et le sommeil; ses enfants, vivement alarmés, ne savaient comment rappeler cette santé languissante. Vainement Louise préparait-elle chaque jour les aliments que son père aimait par-dessus tout, il la remerciait de cette attention, mais il ne mangeait pas davantage. Insensiblement le bon vieillard perdit ses forces; et Frédérique remarqua la première que ses jambes enflaient. Elle fit part de ce nouvel incident à son mari, qui se détermina à mander un médecin, ce qu'on avait jusque-là différé, de peur d'effrayer le malade.

Le lendemain matin, Frédérique se rendit à la ville, sous prétexte de porter son beurre au marché; c'était réellement pour prier le docteur le plus renommé de vouloir bien visiter son beau-père. Le docteur partit sur-le-champ; il estimait beaucoup le maître d'école, et il aurait voulu de tout son cœur lui rendre la santé.

Eh! bon jour, mon vieux père, lui dit-il en entrant; je viens de voir un malade au village voisin, et, passant par Brémendorf, et me sentant un peu tiraillé par l'appétit, je suis venu sans façon vous demander à déjeuner.

Soyez deux fois le bien-venu, lui dit le malade; d'abord parce que je vous regarde comme un de nos amis et que la visite d'un ami *it toujours pour moi un événement heureux, puis, parce que votre visite ne saurait venir plus à propos. Je suis malade, monsieur le docteur, et quoique je n'aie point de fièvre, du moins je le crois, je sens que je m'approche du moment où il faudra me séparer de mes enfants.

— Allons donc, allons! Vous êtes encore loin de là. Avez-vous de l'appétit?

— Non; je ne puis manger.

— Il faudrait vous nettoyer l'estomac. Répugnerez-vous à prendre une médecine légère?

— Eh! monsieur, avez-vous une médecine qui guérisse de la vieillesse; car voilà ma maladie.

— Mon ami, l'art du médecin ne peut pas empêcher les progrès de l'âge, mais il peut en retarder les effets; il ne peut pas rappeler un vieillard à l'adolescence, mais il peut rendre la vieillesse plus supportable, en adoucissant les infirmités qui l'assiégent. Voilà un élixir dont l'usage ne saurait être nuisible, et que j'ai vu souvent produire de très bons effets. Une trentaine de gouttes chaque jour suffisent; vous les prenez une heure avant le repas; je suis sûr qu'elles vous feront du bien.

Le maître d'école montrait peu de confiance dans l'élixir; mais les instances de ses enfants le firent consentir à le prendre. Pendant quelques jours les gouttes opérèrent; le bon vieillard parut avoir recouvré l'appétit; ses enfants étaient dans la joie. Eh bien! mon père, vous repentez-vous d'avoir suivi les avis du docteur? lui disaient-ils sans cesse.

Un jour qu'il s'était mis à table avec plaisir, pour goûter à un de ses mets de prédilection, un homme entra dans la salle à manger, en disant : Bon appétit. Toute la famille se lève pour recevoir l'étranger. Louise qui l'a reconnu, s'élance vers lui et le presse sur son sein. Tous aussitôt s'écrièrent, c'est Blum! mon frère! mon gendre, mon fils! Quand les transports de Louise furent un peu calmés, Blum embrassa toute la famille, en commençant par le maître d'école, et finissant par Joseph.

Après cela les questions commencèrent ; chacun l'interrogeait ; Blum répondait quelques mots, mais il ne pouvait suffire à l'empressement des questionneurs. Le vieux Sparman imposa silence à tout le monde. Souffrez d'abord, dit-il, qu'il se mette à table, qu'il boive et qu'il mange ; et nous l'écouterons ensuite, si ce n'est aujourd'hui, ce sera demain : le plus pressé maintenant, c'est qu'il répare ses forces.

Le dîner fini, pendant que Louise et Frédérique ôtent le couvert, le maître d'école reprend la parole : Mon cher fils, dit-il à Blum, si tu as quelque chose à nous raconter, hâte-toi de le faire avant qu'on apprenne dans le village que tu es de retour ; car aussitôt que la nouvelle y sera répandue, tu verras la maison assaillie de curieux parmi lesquels, il est vrai, nous compterons plusieurs amis.

C'est très bien, répondit Jean Blum ; il m'est arrivé des choses extraordinaires, et je craignais bien de ne plus voir aucun de vous ; j'en ai été quitte pour la peur, mais je ne suis point fâché que la crise soit tout-à-fait passée.

— Attention ! je commence.

— Vous avez appris sans doute par la gazette, il y a près d'un an, que le roi traversait la Moravie, suivi d'un convoi d'artillerie et de vivres. Mon régiment avait fourni l'escorte, de ce convoi : j'en étais. Les deux premiers jours tout alla bien ; mais le troisième, Laudon parut et nous attaqua. Nous nous défendîmes vaillamment, mais nous avions en tête des ennemis six fois plus nombreux. Le roi ignora sans doute ce qui se passait ; il ne fit rien pour notre défense, il fallut céder. Beaucoup d'entre nous jetèrent leurs armes. Jeter ses armes, jamais Blum ne l'aurait fait. Mon beau cheval blanc... te souviens-tu, Louise, que tu lui donnais à manger dans ta main ? le pauvre animal tomba le premier. Une balle dans la tête ! on ne résiste pas à ça ; je tombai aussi ; je voulus faire résistance, impossible ; vingt carabines braquées à bout portant ! Voilà qu'un Croate s'avance, me prend la main ; il a l'air de me dire : Rends-toi, brave Prussien, ou tu

vas être fusillé. Je lui rends mon sabre et mes pistolets; je
lui donnai tout ce qui se trouvait dans mes poches; heureusement j'avais envoyé la montre et les ducats; le pauvre
brave ne s'enrichit pas de ma dépouille.

Les prisonniers, et je fus de ce nombre, menés comme un
troupeau sur la route qu'on nous fit parcourir, furent par-
qués le même soir dans une grange.

Le lendemain, chacun de nous eut un pain de munition et
une ration d'eau-de-vie. Malgré cela, je me désolais, et je serais tombé dans le désespoir, si je ne m'étais souvenu à
propos la devise du père : *Ce que Dieu fait est bien.* Au
bout d'environ une semaine, on nous dirigea vers la Hongrie; nous fîmes halte à Petterwaradin. Notre situation
nous parut déplorable; nous ne manquions pas, il est vrai,
d'aliments; mais la malpropreté nous rendait tous mala-
des. J'éprouvais de plus le tourment de l'ennui; j'aurais pré-
féré le travail d'un forçat, en plein air, à l'inaction obligée,
dans ma prison infecte.

Un jour que je m'abandonnais à toute l'amertume de ma
position, je vis entrer un caporal autrichien. Il demandait
son nom à chaque prisonnier. Mon tour vint d'être inter-
rogé; je répondis : Jean Blum. Jean Blum, dit-il alors, sui-
vez-moi chez l'officier; si vous avez quelques effets ici, pre-
nez-les. Des effets! un prisonnier! répliquai-je, cela ne se
voit guère.

Jean Blum, me dit l'officier, vous êtes un brave soldat.

Je m'en fais gloire, capitaine.

Voulez-vous prendre du service dans l'armée impériale?

Non, Monsieur.

Pourquoi donc?

Vous avez aussi des braves parmi vos hommes.

Oui, sans doute.

Si j'avais fait prisonnier un de ces braves, et que sur la
proposition que je lui aurais faite de passer sous les dra-
peaux du roi de Prusse, il eût accepté, que diriez-vous de
ce brave.

Je vous entends, Jean Blum, ne parlons plus de cela; mais si on vous proposait de vous laisser libre et d'aller retrouver l'honnête maître d'école de Brémendorf, accepteriez-vous?

Ah! monsieur le capitaine, à ce nom respecté, voyez couler mes larmes, elles vous disent ma réponse.

Eh bien! vous partirez après que vous aurez signé cet écrit.

Permettez-vous qu'avant de le signer je le lise?

Très volontiers.

C'était une promesse de ne point servir contre l'empereur jusqu'à rançon ou échange, et de me constituer de nouveau prisonnier lorsque j'en serais requis. Je signai cet engagement avec joie. L'officier m'annonça alors que j'étais libre; il me donna un passeport, une feuille de route, et, ce qui avait bien son prix, cent beaux ducats d'or. Je voulus savoir à qui j'étais redevable d'un si grand bienfait, il me répondit que mon beau-père me l'apprendrait.

Je songeai aussitôt à mon départ. Je commençai par un repas d'adieu que je voulus donner à mes camarades d'infortune. Nous eûmes du bœuf, du poisson, des melons et du vin; tout cela se trouve abondamment en Hongrie. Après avoir pris congé de ces pauvres prisonniers, je m'occupai de ma toilette; j'achetai du linge et les vêtements que vous me voyez; puis je m'acheminai vers la rivière; je me baignai, me levai, abandonnant au courant de l'eau ma sale dépouille, puis j'endossai mes habits neufs.

Mon voyage a eu lieu sans accident. Me voici maintenant au milieu de vous; à votre tour dites-moi comment les choses se sont passées en mon absence. Louise présenta à son mari le portefeuille. C'est le mien, s'écria Blum; comment le retrouvé-je ici?

Louise allait répondre; on ne lui en laissa pas le temps; c'étaient tous les gens du village qui arrivaient à la file, venant féliciter la famille et embrasser Blum. Le bruit des conversations qui s'établirent devint bientôt si assourdis-

sant, que le pauvre maître d'école ne pouvant y tenir, se leva
de son siége pour se retirer. Tout le monde alors fit silence.

Ce que Dieu fait est bien, dit-il d'une voix un peu affaiblie;
Dieu m'a procuré les moyens de tirer mon gendre des pri-
sons de l'Autriche; il a permis que j'eusse la douce consolation de le voir; que son nom soit béni!

M. Sparman fit ensuite signe de la main à son fils pour
qu'il lui aidât à gagner son lit. Il se sentait les pieds froids.
Mathieu les réchauffa en les enveloppant de linges, puis il
lui donna quelques tasses de décoction de fleurs de su-
reau; il lui mit ensuite deux ou trois couvertures sur le
corps.

Je me sens mieux, mon fils, dit le vieillard; ah! je remercie Dieu de la grâce qu'il m'a faite aujourd'hui. Mon ami, je
crois que je vais m'endormir. Bon soir, cher Mathieu, donne-
moi ta main. Adieu.

M. Sparman ferma les yeux, c'était pour ne plus les rou-
vrir. Mathieu, qui depuis quelque temps était très alarmé,
bien qu'il ne laissât pas voir ses craintes, pour ne pas inquiéter les autres, resta un quart-d'heure auprès de son
père; il ne se retira que lorsqu'au mouvement de son pouls
et à sa respiration assez libre, il jugea que réellement le
sommeil avait baissé sa paupière. Le lendemain, lorsqu'il
entra de grand matin dans la chambre, le vieux père semblait dormir encore; mais son pouls avait cessé de battre et
sa respiration s'était arrêtée.

La triste nouvelle se répandit par le village, plus prompte
que l'éclair, et le deuil fut universel; chacun des habitants
avait perdu un ami, un consolateur, un appui, un père. Tous,
l'œil humide, le cœur oppressé, voulurent l'accompagner à
sa dernière demeure.

Mathieu, Blum et leurs épouses suivaient immédiatement
le cercueil, venait ensuite Joseph, suivi de tous les enfants
de l'école; puis tous ceux qui, dans le village ou dans les
environs, avaient reçu les leçons de l'honnête Sparman;

ils étaient près de trois cents. On voyait enfin tous les habitants de Brémendorf, jeunes et vieux.

Arrivé près de la fosse, le curé fit ranger en cercle les membres de la famille, les élèves actuels, ceux qui l'avaient été; les autres firent un second cercle autour du premier. Six personnes, qui n'avaient point fréquenté l'école, pénétrèrent pourtant dans le cercle intérieur. Le curé leur fit signe de se retirer; et comme ils n'obéissaient point, et que le porteur insistait, l'un d'eux élevant la voix : Monsieur le Curé, s'écria-t-il, nous ne sommes point allés à son école, cela est vrai, mais il fut aussi notre père; ne nous ôtez pas le droit de nous compter au nombre de ses enfants. Le curé attendri leur permit de rester. Il entonna aussitôt après un cantique funèbre; puis, s'adressant à ceux qui l'entouraient :

Mes amis, dit-il d'un ton pénétré, je vous vois tous versant des larmes; elles sont légitimes; j'ai peine moi-même à retenir les miennes. Vous avez perdu un instituteur plein de zèle, un père de famille vertueux, un conseiller sage, et moi j'ai perdu l'ami de mon enfance et de toute ma vie; que nos douleurs, que nos regrets viennent donc ici se confondre, afin que nous cherchions ensemble quelques consolations dans les souvenirs que nous a légués l'honnête Sparman. Mais que pourrions-nous dire qui fût plus consolant que ces paroles que vous avez mille fois entendues sortir de sa bouche · *Ce que Dieu fait est bien.*

Songez, mes amis, aux faveurs dont le ciel vous a comblés en vous donnant cet homme juste pour vous instruire et vous servir de guide, en le conservant si longtemps au milieu de vous. Qui peut compter, en effet, les bons offices qu'il vous a rendus? Cette double enceinte d'enfants, d'élèves reconnaissants et d'homme qui tous lui ont dû des conseils, des consolations, des secours, témoigne, mieux que mes paroles ne le pourraient faire, qu'il compta peu de jours sans être utile à quelqu'un d'entre vous.

Les habitants de ce village formaient deux partis, divisés

par de vieilles jalousies, deux partis ennemis déclarés l'un de l'autre; il rappela parmi vous la paix et la concorde. Les Croates avaient enlevé tous vos effets; ce fut lui qui obtint qu'ils vous fussent restitués. Votre place publique était nue; vous lui devez cette plantation qui donnera un jour de l'ombrage à vos enfants et à vos neveux. Je pourrais ajouter bien des choses encore, mais qui de nous ne garde la mémoire de toutes ces bonnes œuvres?

Dieu le rappelle aujourd'hui. Espérons que l'homme qui a fait tant de bien sur la terre, recevra à la fin de sa carrière le prix de ses longues vertus? Mais mettons-nous encore une fois ensemble à genoux et prions pour cette belle âme.

Retournez maintenant dans vos maisons, et consolez-vous les uns les autres; souvenez-vous des leçons qu'il vous donna lui-même; dites, répétez sans cesse, comme il le disait lui-même, *tout ce que Dieu fait est bien*, et puis vous ajouterez, comme Job : *Le Seigneur nous l'a donné, le Seigneur nous l'a repris ; que son saint nom soit béni à jamais !*

XIV

Tout change dans le monde; des changements survinrent aussi dans la famille. Peu de temps après la mort du père, Frédérique donna le jour à une fille; quelques mois plus tard, Louise devint mère à son tour.

Cependant la guerre de sept ans tirait à sa fin; Blum avait rejoint son régiment, mais il jouissait tous les ans d'un congé de huit mois. Insensiblement les deux familles s'accrurent par la naissance de plusieurs enfants, ce qui à la fin troubla la bonne intelligence qui avait jusque-là régné dans la maison. Les enfants étaient souvent en querelle; les mères prenaient avec feu le parti de leurs enfants, et les deux maris de même le parti de leurs femmes. Les choses en vinrent

au point que Blum se détermina à déménager. Il loua un
petit logement, cultiva le champ et le jardin que sa femme
avait eus en dot, et ménagea si bien ses ressources, qu'il
se trouva bientôt en état d'acheter la maison qu'il tenait à
loyer.

Cependant Joseph entrait dans sa vingtième année; il
avait de la raison et du jugement; les qualités morales dont
le vieux Sparman avait développé le germe, s'étaient éten-
dues et fortifiées; mais malgré tous ces avantages, il n'était
pas heureux. Du vivant du maître d'école, il se voyait consi-
déré, traité comme fils de la maison. Depuis que Louise avait
des enfants, le pauvre Joseph était délaissé; souvent même
elle lui adressait des paroles dures et piquantes, comme pour
lui reprocher ce qu'elle et son mari faisaient en sa faveur.
Blum lui-même se montrait quelquefois aussi injuste que sa
femme, même davantage; car il avait appris par Mathieu,
après le décès du père, que la liberté et les cent ducats qui
accompagnaient ce don précieux, lui venaient d'un parent
de Joseph. Mathieu n'avait pas, il est vrai, nommé ce parent,
ne voulant pas trahir le secret du colonel Norwath, mais il
en avait assez dit pour que son beau frère n'ignorât pas ce
qu'il devait aux parents de cet enfant.

De son côté, Mathieu écrivit au colonel la perte doulou-
reuse qu'il venait de faire et lui demandait ses ordres pour
l'avenir. Le colonel lui répondit en donnant de vifs regrets
à la mort du maître; il lui adressait quelques instructions
relatives à Joseph, et peu de temps après, il lui fit passer le
montant d'une seconde annuité de la pension. Depuis cette
époque, le colonel ne donna plus de ses nouvelles, et il ré-
sulta des informations prises par Mathieu que ce brave officier avait été tué à la tête de son régiment. Mathieu se mit
alors en devoir de se conformer aux dernières intentions
du colonel, et ne doutant pas que tôt ou tard l'exécuteur
testamentaire qu'il avait désigné ne vînt réclamer Joseph
ou prendre quelque mesure conforme aux vues du testateur, il brûla les papiers qui se trouvaient dans la cassette,
et il donna à Joseph la montre de son père.

Lorsque Blum voulut quitter la maison paternelle, Mathieu prétendit d'abord que Joseph y restât; toutefois il n'insista pas de peur que cela ne provoquât des explications qu'il ne devait pas donner; mais sans en rien dire, il se constitua, dans l'intérêt de Joseph, le surveillant secret de la conduite de sa sœur et de son beau-frère. Joseph allait de temps en temps se consoler auprès de son ancien instituteur; il lui montrait quelquefois le désir d'abandonner une maison où on le regardait comme un hôte incommode. Mathieu l'encourageait, l'exhortait à la patience, lui conseillait d'attendre encore, et il finissait toujours par ces mots: Joseph n'oublie jamais que Mathieu fut, qu'il est et qu'il sera toujours ton plus tendre ami. Joseph alors pressait dans ses bras le bon invalide, versait quelques pleurs, et retournait chez Blum un peu consolé, mais non satisfait; car presque toujours il y était accueilli par de nouveaux déplaisirs.

Un jour, Blum à qui sa femme avait monté l'esprit par des rapports artificieux, prit Joseph à part, et sans beaucoup de ménagements lui fit entendre qu'il était maintenant assez grand pour prendre un parti et chercher en lui-même un moyen d'existence.

Je ne vous demande que cette semaine, lui dit Joseph, le cœur percé de douleur; après ce délai, soyez assuré que vous serez débarrassé de moi. Joseph, ainsi expulsé d'une maison qu'il s'était accoutumé à regarder comme le toit paternel, ne pouvait regretter beaucoup le hussard Blum qui lui retirait la promesse qu'il lui avait faite de lui tenir lieu de père; il regrettait moins encore Louise, dont le caractère devenait de jour en jour acariâtre, dont l'humeur capricieuse, exigeante et souvent injuste lui rendait assez désagréable le séjour de la maison qu'elle habitait. Mais Joseph avait une pépinière, œuvre de ses mains, objet bien innocent de ses affections; l'idée de s'en séparer, pour toujours peut-être, était pour lui très pénible. Ces arbres qu'ont plantés mes mains d'enfant, je ne les verrais plus! O bon Sparman! bon Sparman, tu ne m'aurais point chassé! Et tout en se nour-

rissant de ces tristes pensées, il s'acheminait machinale-
ment vers la pépinière. Ce fut là que ses pas le portèrent
après l'entretien court mais significatif qu'il venait d'avoir
avec Blum.

Il y trouva un étranger qui, depuis quelque jours, occupait un appartement dans l'auberge du village, et qui paraissait avantagé de la fortune, puisqu'il avait des chevaux
et un domestique. On ignorait au surplus d'où venait cet
étranger. C'était un homme d'environ quarante ans, vêtu
d'une redingote de drap fin, portant des bottes avec des
éperons d'argent, la tête couverte d'un bonnet de voyage.

—Voilà une belle pépinière, dit-il à Joseph, dès que celui-
ci fut assez près pour l'entendre.

— Oui, Monsieur, elle est belle, répondit Joseph tristement; elle le deviendrait bien davantage, si je pouvais en
prendre soin encore deux ou trois ans.

— Elle vous appartient donc? Vous êtes un jeune homme
bien industrieux ! J'aime à voir les jeunes gens s'adonner à
la culture des arbres. Mais vous avez l'air chagrin; sont-ce
mes paroles qui produisent cet effet? j'en serais bien fâchée.

— Ce qui m'attriste, monsieur, c'est que je vais m'éloigner, pour bien longtemps sans doute, de ma chère pépinière.

— Pourquoi donc vous éloignez-vous?

— Mon père, dit Joseph en essuyant une larme, ne consent plus à me garder chez lui.

— Il ne consent plus à vous garder chez lui ? Cela m'éton-
ne, beaucoup. Eh bien! je vous offre, moi, de vous tenir
lieu de père; et pour peu que vous vous sentiez disposé à
éprouver pour moi l'affection que vous m'inspirez, je vous
ferai un sort qui ne vous permettra pas de regretter ce que
vous laissez ici. J'ai besoin pour l'exploitation de mes vastes domaines, d'un second moi-même; je veux un jeune
homme qui me représente, qui me remplace et surtout qui
me soit soit attaché : j'exige amitié pour amitié.

— Ah! Monsieur, s'écria Joseph, en le prenant par les

mains qu'il pressait dans les siennes, qui ne vous aimerait, vous qui semblez si bon, si noble, si généreux? Je sens, en vous écoutant, que je n'ai pas besoin de vous demander qui vous êtes.

— Je suis un homme d'honneur; je parcours en ce moment l'Allemagne, et si les voyages vous plaisent, vous m'accompagnerez.

— Me permettrez-vous, Monsieur, de parler d'abord de votre proposition à mon père et à son beau-frère, le maître d'école?

— Ce que vous demandez est trop juste. Allez, et vous pourrez me rendre ce soir ou demain matin une réponse positive; ce soir à cinq heures ou demain à neuf. A propos, je parle d'heure, voyons maintenant celle qu'il est. Ah! j'ai oublié ma montre dans ma chambre.

Joseph se hâta de tirer la sienne. Il est onze heures maintenant.

— Ah! vous avez là un joli bijou. Voulez-vous permettre?...

Joseph lui présente la montre. L'étranger s'aperçut qu'elle avait un double fond; peut-être le savait-il déjà : dans ce cas il feignit de s'en apercevoir. Il l'ouvrit, examina la miniature avec beaucoup d'attention , puis la referma et la rendant à Joseph : Je le répète, dit-il, c'est un joli bijou. Conservez bien cette montre, mon ami, je la regarde pour vous comme un talisman, je vous prédis qu'elle vous portera bonheur.

A ces mots, Joseph et l'étranger se séparèrent.

Pendant l'absence de Joseph, Blum réfléchit. Joseph n'avait jamais cessé d'être actif, laborieux, complaisant; on s'était donc montré injuste, brutal même envers lui. Ne savait-on pas d'ailleurs être redevable de la liberté à quelque parent de Joseph? Si ce parent ne se montrait pas, c'est que probablement quelque raison de famille l'en empêchait; mais cela ne faisait rien à lui; Blum, qui n'en était pas moins obligé à la reconnaissance, devait-il lâchement céder, ainsi qu'il l'avait fait, aux larmes de sa capricieuse femme? Blum en vint au point de se reprocher amèrement tout ce qu'il avait dit à ce pauvre Joseph; accoudé sur la croisée, il attendait son retour avec non moins d'inquiétude que d'impatience.

Dès qu'il le vit arriver, il courut au-devant de lui.

— Sois le bien-venu, Joseph.

— Je vous remercie, mon père.

—Ecoute-moi : tantôt je t'ai traité un peu rudement; mais j'espère bien que tu ne conserves aucun ressentiment contre ton père.

— Oh! non, sans doute; et je vous aime, je vous respecte toujours. Mais vous m'avez ordonné de m'en aller, et j'ai trouvé un homme généreux qui veut bien se charger de moi D'un autre côté, madame Blum est toujours et à tout propos de mauvaise humeur contre le pauvre Joseph, à qui l'on prodigue les termes les plus injurieux, les plus méprisants; et ici une grosse larme roule dans les yeux de Joseph. Dites-moi, mon père : ne vaut-il pas mieux en finir tout d'un coup, mettre un terme à ses souffrancs et aux miennes, et la délivrer de la présence de *l'enfant trouvé* qu'elle n'aime plus.

— Allons, allons, mon Joseph, n'attache pas à ces propos irréfléchis plus d'importance qu'ils n'en méritent. Tu ne me quitteras point, je m'y oppose formellement, entends-tu?

—Mon père, ma résolution est prise.

—Ah! nous verrons bien. Quel est d'abord cet homme dont tu me parles?

— C'est l'étranger qui est à l'auberge.

— Il se nomme?

— Je ne lui ai pas demandé. Il a seulement insisté pour que je lui répondisse promptement, et je me suis borné à lui promettre cette réponse, après que je vous en aurais parlé.

— Eh bien! j'irai avec toi trouver cet homme pour rom-

pre décidément cette affaire. Et ta pépinière donc, voudrais-
tu l'abandonner?

Dans ce moment arriva Louise ; elle avait les yeux rou-
ges. Elle tendit la main à Joseph : mon cher Joseph, lui dit-
elle, ne sois plus fâché contre moi. N'accuse point mon
cœur ; mais il y a toujours ici quelque chose qui va de travers : je suis vive, impatiente ; dans ces moments-là, je ne
songe guère à ce que je dis. Plus de rancune donc, mon ami.

— Chère maman, vos paroles me font beaucoup de bien ;
car il m'en coûte de penser que vous n'aimez plus le pauvre Joseph.

— Allons nous mettre à table, dit alors Blum, la paix se
rétablira.

Joseph, rendu à ses premières affections, oublia presque
l'étranger. Il fut plus gai au dîner qu'il ne l'avait été depuis
bien des années.

Quand on se fut levé de table, Joseph alla revoir sa chère
pépinière. Là aussi se retrouva le souvenir de l'étranger ;
sa physionomie franche et noble, ses propos, l'intérêt qu'il
lui avait montré, ses offres généreuses, tout se retraçait vivement à son esprit. D'un autre côté, le retour inespéré de
madame Blum à des sentiments plus raisonnables lui paraissait si extraordinaire, qu'il osait croire à peine à la vérité ;
c'était presque un rêve, une illusion que le premier caprice
pouvait faire évanouir.

— Allons trouver mon bon instituteur, dit-il en lui-même ;
il m'est sincèrement attaché, je lui ouvrirai mon cœur, il me
conseillera.

A mesure qu'il s'approchait de la maison du vieux père,
il éprouvait un vif saisissement ; il ne l'apercevait jamais
sans se rappeler que là s'étaient si heureusement écoulées
les années insouciantes de son enfance ; cette fois un pres-
sentiment secret lui annonçait qu'il ne la verrait plus, de
bien longtemps au moins. Parvenu à peu de distance, il
aperçut deux personnes, dont il reconnut parfaitement l'une
à sa jambe de bois. Qui pouvait être l'autre? Cette redingotte

bleue, ces bottes luisantes et ces éperons qui brillaient sur
le noir! Serait-ce l'étranger? Joseph doubla le pas afin de
s'en assurer; mais voyant au même instant l'invalide revenir vers la maison, il s'arrêta pour l'attendre, de peur de se
montrer indiscret.

— Te voilà, mon Joseph, dit l'invalide en arrivant; je
comptais sur ta visite; je sais que tu as eu du chagrin aujourd'hui. J'ai appris par voie indirecte le résultat des viva-
cités de Louise et de la condescendance de Blum. Entrons,
et tu me conteras tout cela.

Joseph rendit compte à l'invalide de tout ce qui s'était
passé le matin de son entrevue avec l'étranger, et du retour
d'amitié de Blum et de sa femme. Il se sentait plein d'affection pour cet étranger qui, sans le connaître, lui faisait des
offres si avantageuses, et, d'un autre côté, Louise avait re-
conquis tous ses droits sur son cœur. Il restait indécis, ir-
résolu; il craignait de mal faire : plus que jamais il sentait
le besoin des conseils d'un ami.

—Ecoute-moi bien, mon cher Joseph ; je vais te parler à
cœur ouvert. J'aime tendrement ma sœur et son mari, quoique nous n'ayons pu vivre ensemble; mais l'amitié ne m'a-
veugle pas sur des inconvénients de caractère que j'ai re-
marqués en eux. Blum est brave, loyal, honnête ; mais il est
faible, incapable de résister aux volontés de sa femme.
Celle-ci, depuis quelques années, a beaucoup changé; je
l'ai vue douce, d'humeur égale, facile et gaie; aujourd'hui,
sa vivacité va jusqu'à l'emportement; elle est changeante,
capricieuse, bonne par boutades, se laissant dominer par
l'idée du moment.

La voilà par exemple bien revenue envers toi; elle fera
tout pour te montrer son affection; autant elle a mis d'in-
justice dans ses procédés antérieurs, autant elle mettra de
chaleur dans sa bienveillance actuelle. Mais que demain sa
poule ne lui donne pas un œuf à l'heure où elle veut l'avoir,
que sa vache ait moins de lait qu'à l'ordinaire, qu'un de ses
enfants crie; tu la verras inquiète, soucieuse, impatiente;

et si, dans ce moment, c'est toi qu'elle rencontre, ce sera contre toi que se fera l'explosion de son humeur.

Je crois, mon ami, au point où en sont les choses, que tu feras sagement de persister dans la résolution que tu avais prise. Ce qui a eu lieu cent fois déjà, peut arriver encore cent fois. Il ne s'agit point d'une de ces choses qui sont déterminées par quelque circonstance extraordinaire, et qui ne se renouvellent point, parce qu'elles sont en dehors de notre caractère ; c'est au contraire le résultat d'une habitude enracinée. Il y a très longtemps déjà, mon ami, que ce pauvre Blum a été tourmenté par sa femme à ton sujet, et plus d'une fois il a fallu mon intervention et la déclaration formelle que j'allais te prendre chez moi, conformément aux intentions de notre père, pour les empêcher d'en venir au point où tu les a vus ce matin.

Je n'ai rien fait, rien dit aujourd'hui pour les ramener, parce que j'étais persuadé que la Providence t'offrait dans la personne de l'étranger un protecteur éclairé pour ta jeunesse, et sans doute aussi un futur artisan de ta fortune. J'ai vu, moi, cet étranger plus d'une fois déjà ; il connaissait le nom de mon père ; il s'est adressé à moi ; il m'a demandé des renseignements sur ton compte, car ton extérieur l'a prévenu pour toi ; tu peux te douter de ce que j'ai dit.

Le bon Mathieu en savait plus sur le compte de l'étranger qu'il ne le faisait entendre, et ce n'était pas sans dessein qu'il tâchait d'affermir Joseph dans sa première résolution.

— Et si mon père et sa femme, dit alors Joseph, s'opposent à ce que je parte avec l'étranger?

— Sois tranquille sur ce point; l'étranger saura vaincre leur résistance ; il fera valoir ton intérêt, et nous réussirons. Je tâcherai ce soir de voir l'étranger; je l'informerai de l'espèce de révolution qui s'est faite, et demain, quand Blum se rendra chez lui avec toi, il se tiendra prêt.

Tout se passa comme Mathieu l'avait annoncé. Blum déclara qu'il n'entendait pas se séparer de Joseph; celui-ci dit qu'il ne le quitterait qu'à regret, mais il ne dit point qu'il ne le ferai pas. L'étranger parla d'avenir heureux pour Joseph, de la fortune vers laquelle il l'acheminerait, des avantages de tout genre que Joseph trouverait auprès de lui, et Blum finit par donner son consentement. Il fut convenu que le départ aurait lieu à huit jours de là.

On s'occupa sans délai des préparatifs du voyage et du petit trousseau de Joseph. Madame Blum s'en chargea. Blum, de son côté, promit d'avoir soin de la pépinière, et de réserver, pour lui en tenir compte, tout l'argent qu'il en tirerait. M. Weber, c'était le nom de l'étranger, fit faire pour Joseph une redingote et des pantalonts d'un drap passable; il lui donna aussi des bottes qui lui plurent beaucoup, mais qui le gênèrent horriblement les premiers jours, et un bonnet de voyage, orné de glands d'or, et qui ne fit pas moins de plaisir que les bottes.

La veille du départ, Blum, le maître d'école et leur femmes furent invités à dîner par M. Weber. Le repas fut gai, bien que la séparation à laquelle il servait de prélude, s'annonçât comme devant être fort longue. La famille Sparman ne se retira qu'à neuf heures du soir. Mathieu avait trouvé un moment pour donner à Joseph quelques bons avis, et lui glisser dans la main une petite bourse, ouvrage de Frédérique, et contenant vingt ducats.

—Je suis bien assuré, lui dit Mathieu, que tu ne manqueras de rien auprès de M. Weber; mais il est bon que tu aies un peu d'argent à toi. Si tu rencontres sur ta route un malheureux, ne seras-tu pas bien aise d'avoir quelque chose à lui donner?

Louise n'avait d'autres torts que ceux qui venaient de son caractère; au fond elle était bonne; elle ne pouvait se montrer aussi généreuse que son frère; mais elle apporta aussi son offrande : le petit paquet de hardes contenait six ducats.

Au moment où les parents adoptifs se levèrent pour se retirer, Joseph leur adressa ces paroles : Adieu, chers et bons amis, je vous remercie de l'affection que vous m'avez témoignée et du bien que j'ai reçu de vous. Quand vous m'avez accueilli, je n'étais qu'un petit garçon, stupide et grossier. Ce que je suis maintenant, je le dois à votre tendre sollicitude. Le ciel vous récompensera, car lui seul peut acquitter ma dette.

Recevez aussi mes adieux, s'écria M. Weber, profondément ému, et mes remerciments du présent que vous me faites. S'il plaît à Dieu, je vous ramènerai votre Joseph, sain d'esprit et de corps. Soyez d'ailleurs sans inquiétude sur son compte ; je le traiterai comme mon fils.

XIII

A trois heures du matin, M. Weber et Joseph étaient sur pied.

— Mon ami, dit M. Weber, nous avons un domestique dont le devoir est de nous servir.

— Nous servir, dit Joseph ? vous oubliez, Monsieur, que je ne suis pas né pour être servi...

— Je ne l'oublie pas, mais j'entends que vous soyez traité comme moi-même. Ecoutez-moi : nous avons un domestique ; mais qui sait si nous l'aurons toujours, si nous ne serons pas un jour obligés de nous servir nous-mêmes ? Il faut donc apprendre à savoir ou à pouvoir s'en passer. Ainsi, Franck pourrait fort bien seller, brider nos chevaux ; mais qui nous empêche de le faire de nos propres mains ? Il est nécessaire d'ailleurs, lorsqu'on voyage à cheval, de savoir comment un cheval doit être sellé et bridé ; car pour être assuré que ceux qui sont sous nos ordres font bien ce que nous les chargeons de faire, il faut nous être mis en état de le faire d'abord sans eux.

— Vous avez raison, Monsieur.

— Examinez donc de quelle manière je m'y prends ; vous m'imiterez.

Joseph, tant bien que mal, enharnacha le cheval qui lui était destiné. Franck chargea le sien d'un grand porte-manteau, dans lequel il fit tenir le paquet de Joseph.

Ils traversèrent le village un peu avant le jour ; ils s'en trouvaient même éloignés d'une demi-lieue quand le jour parut.

— Oh ! Monsieur, quelle belle matinée, dit Joseph.

— Superbe, en vérité. Et combien peu d'hommes peut-être l'auront remarquée ! Je gagerais que, s'il y a deux cents personnes éveillées à Brémendorf, il n'en est pas deux peut-être qui aient pris garde au lever du soleil.

Tout en causant ainsi, M. Weber, emporté par l'habitude, avait piqué son cheval, et lui avait fait prendre un trot assez vif. Joseph tâcha d'abord de le suivre, mais il se sentit bientôt le corps si brisé, que, ne pouvant y tenir davantage, il se mit à crier : Monsieur, Monsieur !

— Qu'avez-vous donc ? dit M. Weber en se retournant.

— Je ne puis plus rester à cheval ; je suis trop secoué.

— Voilà qui est bien fâcheux. Essayons si changeant de monture, vous serez mieux.

Ils descendirent de cheval l'un et l'autre, et l'échange eut lieu ; mais le pauvre Joseph n'y gagna rien ; il fit pourtant bonne contenance, de crainte peut-être que M. Weber ne s'égayât à ses dépens. On arriva par bonheur à un village, où l'on s'arrêta.

En voyageant et en prenant de l'exercice, dit M. Weber avec un malin sourire, on gagne de l'appétit ; nous allons déjeûner ici.

Joseph se trouva tout consolé, moins pour le plaisir de déjeûner que parce qu'il allait prendre quelque repos. Franck eut soin des chevaux, tandis que son maître, interrogeant l'aubergiste, s'occupait du déjeûner. L'aubergiste n'avait que du jambon et des saucisses, ce mets jadis favori de Joseph. Celui-ci ne put s'empêcher de sourire.

— Qu'y a-t-il donc? dit M. Weber.

Joseph parla des goûts de son enfance.

La saucisse est fort bonne en voyage, surtout dans des auberges aussi dépourvues que celle-ci, où l'on s'estimerait heureux de trouver toujours du pain et des œufs frais. Va pour la saucisse. Et mon cheval, qu'en dis-tu, Joseph? a-t-il le trot plus doux que le tien? Ah! pardon, mon ami, je vous parle un peu familièrement; c'est que j'imaginais avoir là un de mes fils.

— Oh! Monsieur, Monsieur dit Joseph en le prenant par la main, je serais trop heureux si je pouvais vous donner le doux nom de père.

— Le nom de père? Cela n'est guère possible, puisqu'un autre le porte, et qu'il le mérite. Eh bien! faisons mieux: appelle-moi ton oncle. Cela te convient-il?

— Oh! oui, Monsieur, s'il n'est pas défendu d'aimer son oncle autant que son père?

— Je ne le crois pas, dit en riant M. Weber; revenons maintenant à ma question de tantôt. Le trot de mon cheval?

Joseph rougit et hocha la tête.

Voilà qui est singulier! Il n'y a pourtant pas deux meilleurs chevaux dans toute la Bohême. Sais-tu ce que c'est, mon pauvre ami? Ton cheval est bon, mais le cavalier ne l'est guère. Tranquillise-toi, je t'apprendrai comment on se tient à cheval, et après cela, ni le tien ni le mien ne te fatigueront. Nous allons commencer par voir comment tu montes. Franck amena les chevaux; M. Weber brida le sien lui-même, Joseph en fit autant; puis M. Weber monta légèrement et descendit de même, malgré ses quarante ans passés. Joseph fit cet exercice quinze ou vingt fois de suite, et il finit par s'en tirer passablement.

Dès qu'ils se furent remis en route, M. Weber dit à son élève, ce n'est pas tout que de monter et descendre, se tenir même; il s'agit de le faire avec grâce. Il ne faut pas tant serrer les genoux, ni porter les jambes si haut. Allons, la pointe du pied tournée en dedans; c'est cela. La tête un peu droite, la poitrine en avant, les épaules effacées... Très-bien. Essaie maintenant de mettre ton cheval au trot.

Joseph obéit, mais le cheval eut fait à peine dix pas que le novice écuyer perdit l'équilibre, et se balança tantôt à droite, tantôt à gauche.

— Patience, dit M. Weber, on n'a pas fait Vienne en un jour. Mais laissons maintenant nos chevaux reprendre le pas.

Joseph ne demandait pas mieux, car tant que son cheval était au pas, il se tenait fort bien, mais le trot gâtait tout; il arriva même que, le cheval ayant fait un faux pas, le pauvre Joseph désarçonné, tomba de son long sur le chemin. M. Weber et Franck accoururent. Le premier s'élança pour aider Joseph à se relever; heureusement il ne s'était fait aucun mal, le bord du chemin se trouvait garni d'herbe et de gazon.

— Allons, reprends courage, mon pauvre Joseph, remonte à cheval et nous irons au petit pas jusqu'au prochain voyage, où nous séjournerons quelques jours, que tu emploieras à t'exercer.

Joseph, au pas, droit et fier comme un écuyer, avait oublié sa mésaventure, lorsqu'il entra dans le village.

M. Weber demanda une chambre particulière, et il voulut qu'on l'y servît. L'aubergiste n'eut pas besoin d'entendre deux fois, car on paye double quand on se fait servir dans sa chambre.

— Allons, mon neveu, place-toi là, en face, nous causerons.

— Vous souffrirez donc, Monsieur, que je vous traite en oncle ?

— Je ne le souffrirai pas : je l'exige.

— Ah! Monsieur!... mon cher oncle!... Vous êtes bon comme M. Sparman.

— C'était donc un bien honnête homme que ce vieux maître d'école ?

— Oh ! oui, certes ; et tant que j'aurai un souffle de vie, je me souviendrai de lui.

— Très-bien, Joseph ; il y aurait ingratitude à oublier un homme qui t'a fait tant de bien ; et l'ingratitude est le plus odieux de tous les vices.

Les leçons d'équitation commencèrent le lendemain. Joseph en profita si bien qu'au bout de huit jours, il se tenait solidement, soit que le cheval allât au pas, soit qu'il prît le trot ou le galop.

M. Weber et Joseph parcoururent une grande partie de l'Allemagne, observant le caractère, les mœurs et les usages des habitants. Comme le vieux maître d'école, M. Weber avait une maxime favorite dont il faisait un emploi fréquent. *L'homme*, disait-il, *est presque toujours l'artisan de ses propres peines;* il eut souvent occasion de l'appliquer. C'est toujours en eux-mêmes que, suivant lui, les hommes doivent chercher et qu'ils peuvent trouver la source de leurs misères. Ou c'est par ignorance, par folie, par paresse qu'ils se sont attiré les maux qu'ils éprouvent, ou c'est parce qu'ils manquent de bons principes et de résignation et de confiance en Dieu.

Tant que Joseph voyagea, il donna régulièrement des nouvelles à sa famille, une fois par mois; mais au bout d'une année, il cessa tout-à-fait d'écrire. Ce silence parut si extraordinaire de la part de Joseph dont on connaissait le bon cœur, qu'on s'imagina que le malheureux était mort. Madame Blum en versant des larmes amères, surtout quand sa mémoire trop fidèle lui retraçait les injustices envers lui. Quant au maître, il se montrait beaucoup moins inquiet, parce qu'il recevait de temps en temps des lettres de M. Weber ; mais il ne lui était pas permis d'en parler ; il se bornait à combattre les terreurs de sa sœur et les inquiétudes de Blum, et il tâchait de les consoler en leur parlant de ses pressentiments heureux.

Les époux Blum avaient pris le plus grand soin de la pépinière de Joseph. Il ne se passait pas de jour que Blum ne s'y rendît, tant pour écheniller les arbres que pour les dégager des branches superflues. Chaque année il vendait un nombre considérable de jeunes plants qu'il remplaçait à mesure, et il mettait à part l'argent du prix qu'il en retirait.

Si, malgré l'économie de Louise, l'argent manquait quelquefois dans la maison, on faisait un léger emprunt à la caisse de Joseph. Encore fallait-il que le besoin fût pressant. L'on ne manquait jamais d'ailleurs de se libérer avec les premiers fonds qu'on pouvait faire. Louise apprit un jour qu'on avait mis en vente une belle prairie de trois arpents. Ferions-nous donc si mal, dit-elle à son mari, d'acheter ce pré pour Joseph, au lieu de laisser son argent en caisse où il ne produit rien? Le pré nous donnerait de l'herbe, et le prix de la vente de cet herbe viendrait s'ajouter au revenu de la pépinière.

— Tu as là, répartit Blum, une heureuse idée. Je vais à l'instant m'occuper de cette acquisition.

On demandait du pré quatre cents écus, et il se trouvait deux acheteurs, mais l'un et l'autre demandaient des facilités pour le payement et d'assez longs termes. Blum offrit trois cent cinquante écus comptant; le vendeur accepta l'offre, et l'acte de vente fut consenti en faveur de Joseph.

A peine un mois s'était-il écoulé, depuis la signature du contrat, qu'un épouvantable orage éclata sur le village de Brémendorf. La foudre tomba sur deux ou trois maisons, et y mit le feu. La plus grande partie des habitants étaient dans les champs; il n'y avait au village que des enfants et quelques femmes. Avant qu'on put porter des secours efficaces, les flammes, poussées par le vent, s'étendirent sur un grand nombre de maisons; en moins de deux heures, la moitié du village fut réduite en cendres.

L'incendie n'atteignit pas la maison du maître d'école, mais celle de Blum fut la proie du feu. Lorsqu'il rentra au village, il n'en restait plus rien que des débris. Il avait tout perdu, à l'exception de ses bestiaux, qui, par bonheur pour lui, se trouvaient ce jour-là dans la campagne.

Le bon Mathieu reçut à bras ouverts sa sœur et sa famille, et il pourvut généreusement à tous leurs besoins. Après les premiers jours pourtant, il fallut s'occuper de l'avenir. L'avis unanime fut qu'avant tout on devait songer à rebâtir la maison. Mais où prendre l'argent nécessaire? s'écriait Blum en se frappant le front. Je ne vois ici que des gens incendiés comme moi, ou qui ont tous comme toi leurs parents sur les bras.

— Tu pourrais, dit Mathieu, en faisant dresser par le notaire un état de tes immeubles et de ceux de ta femme, et en y ajoutant un certificat qui constate qu'ils ne sont ni engagés ni hypothéqués, te rendre à la ville, où certainement tu trouveras trois ou quatre cents écus à emprunter.

— Je n'aime pas trop à faire des dettes, dit Jeam Blum. Il me semb'e que si j'avais une dette, mon créancier serait toujours là, *mangeant avec moi dans mon assiette et buvant dans mon verre.*

— Cela est vrai, mon ami; mais celui qui, ainsi que toi, sait tirer parti de ses bras, gagne toujours pour remplir son assiette de manière qu'il y ait toujours pour le créancier et pour lui. Va, mon frère, suis mon conseil.

Blum partit le lendemain pour la ville et il ne revint que sur le soir, chagrin et sans argent. Il avait bien trouvé un homme qui lui aurait prêté la somme, mais l'honnête usurier n'exigeait qu'un intérêt double du taux ordinaire, et un surcroît d'hypothèque sur un terrain de valeur au moins de cent écus. Blum aurait souscrit à l'article des intérêts, mais il ne possédait pas ce terrain de cent écus.

— Si nous engagions, dit Louise, le pré de Joseph?

— Le pré de Joseph? J'aimerais mieux coucher toute ma vie au pied d'un arbre, au froid, au vent, à la pluie, à la neige, que d'engager le fonds d'un autre.

— Tu as raison, mon frère, dit l'invalide. D'ailleurs, quand tu voudrais le faire, la justice ne le permettrait pas. Mais

voici ce que je te propose. Je ne puis pas te prêter la somme,
parce qu'elle n'est pas en mon pouvoir, mais je puis te servir de caution pour cent écus et bien davantage. Si ce n'é-
taient ces intérêts de juif qu'on te demande, je t'aurais déjà
dit : Allons terminer cette affaire. Mais il me semble que ce
serait partager le crime de l'usurier, que de te donner les
moyens d'être volé par lui. Demain tu retourneras à la ville
et je t'y accompagnerai ; nous irons chez quelques personnes
que je connais, et qui, je l'espère, te rendront service à un
prix raisonnable, avec mon cautionnement s'il le faut.

— O cher Mathieu ! s'écria Louise émue jusqu'aux larmes,
ton cœur n'a point changé ! Blum, de son côté, avait pris la
main de son beau-frère ; il cherchait des expressions pour
peindre sa reconnaissance. Soudain on frappe à la porte de
la rue deux coups assez forts.

— Qui va là ? crie l'invalide de sa croisée ; que demande-t-on ?

— Pourrait-on parler à M. Sparman, le maître d'école ?

Mathieu alluma sur-le-champ une chandelle et descendit
pour ouvrir la porte. C'était un homme d'assez haute taille,
enveloppé jusqu'aux yeux dans un manteau de voyage, garni
de très bonnes fourrures.

— Monsieur, dit Mathieu en ouvrant sa porte, je suis celui
que vous demandez.

Je désire m'entretenir quelque temps avec vous, et avoir
le plaisir de renouveler connaissance ; permettez vous que
je vous suive dans la salle où j'entends, si je ne me trompe,
toute votre famille ?

— Donnez-vous la peine d'entrer.

XVI

En voyant l'étranger, tous gardent un profond silence. C
attend qu'il parle, qu'il s'explique; chacun se demande :
Qui peut-il être? que peut-il vouloir?

— Monsieur, dit alors le maître d'école : voudriez-vous bien
m'apprendre à qui j'ai l'honneur de parler?

L'étranger se débarrasse un peu de son manteau.

— Je m'en doutais, s'écrie Louise; c'est lui! c'est lui! et elle
court à l'étranger, le serre dans ses bras, l'embrasse, pleure,
rit, crie.

— Qui, lui? ont dit à la fois Blum et l'invalide.

— Joseph, car c'était lui, rendait à Louise ses tendres caresses. Chère maman, tu aimes donc toujours ton Joseph?

— Et vous, mon père! vous, mon instituteur; deux ans
m'ont-ils donc effacé de votre mémoire?

Blum et l'invalide ne répondent pas; mais ils se disputent
Joseph; chacun veut le presser sur son cœur, et Joseph attendri, laisse tomber quelques larmes de ses yeux. Les enfants viennent à leur tour; les plus âgés se le rappellent à
peine : mais ils ont vu que leurs parents l'embrassent comme
un fils, ils l'entendent appeler de ce nom, ils veulent aussi
l'embrasser en l'appelant : mon frère.

Quand on se fut un peu calmé de part et d'autre, Blum
voulut parler de la pépinière, de son produit, de l'emploi
qu'il avait fait de l'argent, de l'acquisition du pré. Joseph
chercha plusieurs fois à l'interrompre; mais l'opiniâtre hussard revenait sans cesse à la charge; il fallut donc souffrir
qu'il finît.

— Je vous remercie bien, mon chère père, de tout ce que
vous avez fait pour moi, et je suis ravi que de la pépinière il

soit sorti un pré ; le pré produira peut-être autre chose. Je
le voudrais pour vous, cher père; car la pépinière et le pré
vous appartiennent : Joseph, grâce à Dieu, n'a pas besoin
d'autres biens que ceux que déjà il possède

Cependant Frédérique s'était rendue à la cuisine sur un
signe de son mari, elle ne tarda pas à revenir avec le souper, assez bon pour un souper improvisé : Joseph y fit honneur.

— Maintenant, mon cher Joseph, tu vas me payer ton écot,
en nous racontant ton histoire, si toutefois cela se peut sans
inconvénient. Allons, nous t'écoutons, mon ami.

— Vous savez, dit Joseph, qu'en partant de Brémendorf,
M. Weber avait l'intention de voyager pendant quelques
mois; nous parcourûmes en effet plusieurs contrées de
l'Allemagne; j'avais eu soin de vous écrire, mon cher
père.

— Oui, j'ai reçu plusieurs lettres...

— Arrivés à Michelrode...

— C'est de là que datait la dernière...

— C'est aussi la dernière que je vous ai adressée. De Michelrode, voulais-je dire, nous prîmes la route de la Bohême,
où se trouvent situés les domaines de M. Weber; le surlen-
demain, nous entrâmes dans son château; là il me prit en
particulier, et il exigea de moi la promesse que je ne vous
écrirai plus, afin, me dit-il, que rien ne pût me distraire des
travaux auxquels je devais me livrer. Si tu acquiers des ta-
lents et de la fortune, tu iras surprendre le brave Blum et
le digne maître d'école. Si tu trompais mon attente, tu leur
épargneras le chagrin d'apprendre que les soins qu'ils prirent pour t'élever ont été perdus.

Je ne vous dirai pas maintenant tout ce que M. Weber a
fait pour moi, ni comment il m'a aidé à devenir possesseur
de quelque fortune ; vous saurez seulement que, bien qu'il
fût décidé à me retenir encore deux ou trois ans, quand il
eut lu dans la gazette de Prague que le feu avait dévoré la
moitié de Brémendorf, il fut le premier à m'offrir la liberté

de me rendre auprès de vous. J'ai accepté son offre avec empressement.

Si notre bon père vivait encore, il ne manquerait pas de nous dire : Tout ce que Dieu fait est bien, et il aurait raison; car si Dieu a permis que votre maison pérît par cet incendie, il a mis dans mes mains les moyens de la rétablir, et de vous rendre tout ce que vous avez perdu.

— Bon Joseph, s'écria madame Blum! quel fils mérita jamais plus d'amour?

— Maintenant, reprit Joseph, je vous quitte. J'ai besoin de repos, et vous aussi sans doute. Nous nous reverrons demain.

Madame Blum et Frédérique s'étaient emparées de lui; elles ne voulaient pas le laisser sortir. On a déjà préparé un lit pour toi, lui disait-on.

— Vous avez donc privé du sien quelqu'un de vous! car, après tant de malheurs, vous ne devez pas être bien riches en mobilier, et j'ai un lit qui m'attend à l'auberge; ainsi, encore une fois, à demain.

Blum voulut l'accompagner, et Joseph put lui parler encore de tout le bonheur qu'il éprouvait en pensant que le ciel l'avait mis en état de lui être utile. Cher père, ajouta-t-il, en se séparant de lui, vous sentez bien que je ne vous ai pas tout dit aujourd'hui; venez demain dîner avec moi; amenez le bon Mathieu, sa femme et ma chère maman; mais laissez les enfants à la maison; seuls, nous causerons plus librement de mes affaires et des vôtres.

Le lendemain, les deux beaux-frères et leurs femmes se rendirent à l'invitation de Joseph. Le dîner fut assaisonné par une douce joie. Après que l'aubergiste eut desservi, Joseph entra dans les détails suivants de son histoire.

— Vous avez appris dans le temps par les lettres que je vous ai écrites tout ce qui m'est arrivé dans le cours de mes voyages avec mon oncle.

— Son oncle! dit Louise étonnée,

— Oui, M. Weber. J'aurais dû commencer par vous dire que, dès le premier jour, cet excellent homme a eu pour moi toute la tendresse d'un père; il ne voulut pas, il est vrai, en prendre le titre, parce que ce titre, disait-il, appartenait à l'honnête Blum...

Ici Blum, souriant imperceptiblement, caressa sa longue moustache.

Mais il m'ordonna de lui donner le nom d'oncle, et il m'appela lui-même que *son neveu*.

— Voilà en vérité un digne homme, dit Blum; chacun le sien, c'est juste, n'est-ce pas, mon Joseph, mon cher fils; et en disant ces mots, il saisit la main de Joseph.

— Faites donc silence, dit alors Mathieu; si nous l'interrompons sans cesse, il ne pourra finir aujourd'hui.

— Tu as raison, frère; c'est que sur cet article... suffit, je m'entends.

Nous ne fûmes pas plutôt arrivés au château de mon oncle, qu'il me dit : Mon neveu, comme il est plus aisé d'apprendre à faire bonne chair, à vivre les bras croisés, à ne chercher que le plaisir, que de s'accoutumer à être sobre, tempérant, laborieux et actif, je veux d'abord t'inspirer l'amour du travail, te rendre frugal, te donner des goûts simples; si le ciel, comme je l'espère, bénit nos communs efforts, si tu acquiers les biens de la fortune, tu sauras comment on les gagne, tu n'en feras point un mauvais usage. Je ne répondis à M. Weber qu'en l'assurant de ma docilité sans borne, ce qui lui fit plaisir.

Aussitôt il m'installa dans l'inspection de ses terres, de ses bâtiments, de ses ouvriers, de ses fermiers, de ses nombreux troupeaux, de ses mines et de ses forges. Comme ses domaines formaient trois grands corps d'héritage, à deux ou trois lieues l'un de l'autre, j'étais fort souvent à cheval; et comme, suivant l'utile maxime de mon bienfaiteur, *il faut savoir ce qu'on veut que les autres fassent, afin de pouvoir juger s'ils font bien,* j'appris, sous ses propres yeux, à tracer un sillon. À manier le compas et l'équerre, à tracer correctement un plan, à diriger des ouvriers. J'appris encore tout ce qui concerne la tonte des troupeaux, le triage et le lavage des laines, la minéralogie, la fabrication du fer, l'art de planter et de tailler la vigne; en un mot tout ce qu'il faut savoir pour l'exploitation de vastes domaines.

Un jour il m'appela dans son cabinet. Je suis content de toi, me dit-il, tu as de l'application, tu montres de l'aptitude; il faut songer à ton avenir, et il est juste que je t'aide de tout mon pouvoir. Voilà une somme de cinq cents ducats d'empire. Tu rougis, mon ami? Tu penses peut-être que c'est un salaire dont je veux payer tes services. Oh! non, ce mot ne conviendrait ni à toi ni à moi; c'est un prêt, une avance que je te fais; nous compterons plus tard; mais je désire que tu emploies cet argent d'une manière qui soit productive. Par exemple, l'éducation des abeilles est ici très avantageuse : si tu en essayais !

Je saisis avec transport cette ouverture de mon oncle, j'eus des abeilles; en moins de deux ans, j'eus réuni plus de deux cents ruches; je vendis de la cire et du miel, et je me trouvai en état de restituer les cinq cents ducats.

— Mon cher Joseph, me dit M. Weber, je suis ravi de voir dans tes mains ce produit de tes économies et de ton travail; mais comme je ne suis nullement pressé de ravoir ma créance, je veux que tu en gardes encore le montant. Le commerce a des chances; une année peut-être malheureuse, et si l'on n'a pas quelques avances pour se soutenir en attendant un temps meilleur, on est infailliblement ruiné. Que n'essaies-tu de joindre à tes abeilles un autre genre d'industrie? Tu as, je crois, ce qu'il faut pour être un très bon architecte; voilà une carrière ouverte, il faut y entrer. Il y a dans le village voisin plusieurs bâtiments à construire; mets-toi sur les rangs; je te soutiendrai de mon crédit; et si tu obtiens l'entreprise, tu peux asseoir sur elle les fondements de ta future fortune.

Je fis tout ce que voulut mon oncle; l'entreprise me fut accordée; les bâtiments s'élevèrent; et je remplis si bien l'attente qu'on avait conçue, qu'outre le prix convenu, je reçus une gratification de cent ducats. Ce premier succès me fit connaître et m'encouragea; beaucoup d'entreprises succédèrent à celle-là, et toutes m'ont donné un profit honnête.

M. Weber se montrait satisfait de ma conduite, et me témoignait une vive affection. M'appelant un jour dans son cabinet, il me parla de la sorte :

— Joseph, depuis que tu vis près de moi, je n'ai eu que des éloges et des encouragements à te donner, et je me crois assez sûr de ta raison pour te dévoiler maintenant le secret de ta naissance.

— A ces mots, mon cœur battit violemment ; auriez-vous connu les auteurs de mes jours, lui demandai-je avec émotion ?

— Seulement ton père, me répondit M. Weber ; quant à ta mère, j'appris par la suite qu'elle mourut peu de temps après t'avoir confié au soin du hussard Blum.

— Ton grand-père était hongrois, et officier supérieur dans l'armée impériale; il épousa ma sœur aînée. Un fils naquit de cette union. Ce fils voulut suivre la carrière de son père; il entra comme volontaire dans les hussards de Spleny. Quand il partit pour son régiment, ma sœur lui donna une montre au fond de laquelle se trouvait son portrait; c'est celle que tu possèdes. Le jeune hussard était étourdi, et ma sœur, par trop de faiblesse, l'avait accou... à faire tout ce qui lui plaisait. Le hasard le conduisit ... chez un riche fermier des frontières de la Bohême. Ce ..... une fille. C'est d'elle et du fils de ma sœur que tu as reçu la naissance. Tu vois maintenant que je n'ai pas eu tort de t'appeler mon neveu, parce que je suis réellement ton grand oncle.

Lors du pillage de Brémendorf par les Croates, la montre fut enlevée au digne maître d'école qui la gardait pour te la remettre. Le soldat qui l'avait prise, alla l'offrir au colonel de son régiment. Peins-toi, si tu veux, l'étonnement du colonel, lorsque ouvrant la montre, il trouva le portrait de sa femme. Il demanda au Croate d'où ce bijou lui venait; et sur la réponse de ce dernier, il prit sur-le-champ la route de Brémendorf, quoique la nuit fût déjà très avancée. Mon beau-frère eut avec l'honnête M. Sparman un long entretien où il fut question de toi; il lui confia même une partie de ce que je viens de te dire, en lui recommandant le secret.

— Quoi! s'écria Louise, notre père savait!..

— Et moi aussi, je savais, dit Mathieu en se pavanant; et ni l'un ni l'autre, nous ne vous avons jamais rien dit : mais laissons donc parler Joseph.

Quinze ou dix-huit mois après, continua mon grand oncle, je reçus la visite du colonel Norwath, c'était mon beau-frère; il me raconta toute l'histoire de son fils et de ta naissance; il me dit comment il t'avait retrouvé, et me parla de ses projets pour l'avenir. Cependant, ajouta-t-il, un homme avisé se précautionne : je suis maintenant près de vous, plein de force et de santé, dans huit jours peut-être une balle aura ouvert ma tombe. Voici donc, mon ami, une copie de mon testament, dont l'original est chez un notaire de Prague. Il renferme un bon legs en faveur de Joseph; et je vous charge, vous, dont la probité m'est connue, de l'exécution testamentaire. Si j'arrive jusqu'à la paix, j'agirai autrement, et j'appellerai, je crois, mon petit-fils auprès de moi; si je péris : mon testament est là.

Au bout de quelques semaines, j'appris que mon pauvre beau-frère avait été tué. Je voulus t'aller chercher à Brémendorf, mais je fus chargé d'une mission diplomatique qui m'a retenu en Pologne plusieurs années. Ma sœur mourut pendant mon absence. A mon retour, je m'occupai de toi, car je ne t'avais pas oublié, et je voulus réparer en quelque sorte, par des marques non équivoques d'affection, l'espèce d'abandon où je t'avais laissé bien malgré moi.

Je me rendis à Brémendorf; j'eus plusieurs entrevues secrètes avec le fils de l'ancien maître d'école; car je voulais savoir comment on t'avait élevé : tout le reste t'est connu.

Voilà, mes chers parents, ce que j'avais à vous dire pour

ce qui me concerne; j'ajouterai seulement qu'un legs de trois mille ducats de mon grand-père m'a été compté, et que le fruit de mes économies et des libéralités de mon grand oncle ont plus que doublé cette somme. Venons à vous maintenant, mon cher père, votre maison a été brûlée, il faut la rebâtir. Voici un plan que j'ai dressé : voyez! cela vous convient-il?

Il y avait maison à deux étages, logement de maître, logement de domestique, laiterie, étable, poulailler, colombier, tout ce qu'on peut chercher dans la maison d'un bon cultivateur.

Si cela me convient? dit Blum enchanté; il y aurait là de quoi loger un prince, mais pour tant de constructions, il faudra beaucoup d'argent.

Que cela ne vous embarrasse pas. Vous souvenez-vous, mon père, de co ducat que vous me donnâtes en m'envoyant à Brémendorf, et que j'échangeai si heureusement dès le même jour contre un morceau de pain et une saucisse? Eh bien! ce ducat a fructifié, il a produit des intérêts, et ces intérêts payeront la maison.

Mon ami, puis-je consentir? dit le brave Blum...

Je ne vous écoute pas : passons à un autre article.

Au même instant, il tira de sa malle plusieurs pièces de toile de coton de Bohême, et deux assortiments complets de grenats, une belle pipe d'argent et une fort jolie tabatière d'écaille doublée en or. La pipe était pour le hussard Blum qui fumait; la tabatière pour le maître d'école qui prisait; le reste fut partagé entre Louise et Frédérique.

Tout cela est trop beau pour moi, dit Madame Blum. Ce collier, ces pendants, cette robe, siéront à ma petite Louise bien mieux qu'à moi.

Le dimanche suivant, la jeune Louise se présenta dans la société avec sa nouvelle parure; mais avant de se montrer aux autres, elle alla remercier son bon frère Joseph.

Cependant Joseph n'oublia pas la promesse qu'il avait faite de reconstruire la maison de Blum. Il se rendit à le ville, où demeurait un riche marchand de bois de charpente, et il fit marché avec lui pour la quantité qu'il jugea nécessaire d'après son propre devis; il traita pareillement avec un maître charpentier qui, voyant que son travail avançait, ne cessait de lui dire : mais que ferez-vous, Monsieur, de ma charpente, si vous n'avez point de maçons? Joseph souriait. Soyez tranquille, lui répondait-il, les maçons, je l'espère, ne vous manqueront pas. En effet, lorsqu'on s'y attendait le moins, on vit arriver de la Bohême deux maîtres maçons qu'accompagnaient dix ouvriers.

Comme des mesures avait été prises d'avance pour qu'à jour marqué tous les matériaux nécessaires fussent réunis sur les lieux, la maison fut bientôt finie. Madame Blum en était si contente qu'elle aurait voulu s'y installer dès la mi-novembre; mais Joseph n'y consenti pas; il voulut donner à la chaux et au plâtre le temps de sécher convenablement. Il décida que la maison ne serait occupée qu'au printemps. Le maître d'école et Blum furent du même avis; et Louise céda, bien qu'à regret, à la volonté générale.

Enfin l'heureux Joseph voulut devenir l'époux de Louise. Ensemble ils vécurent constamment heureux. Comme ils étaient accoutumés dès l'enfance à une vie active, ils ne connurent ni l'oisiveté, ni les vices qui en naissent. Louise, instruite par sa mère dans l'art de conduire une maison, fit régner partout l'ordre, la propreté, l'économie. Joseph voulut que ses champs, ses prés, ses jardins, fussent les mieux cultivés de la contrée, ses chevaux, ses bestiaux, ses abeilles, les mieux entretenus.

Après un séjour de quelques années à Hirschbach, Joseph avait considérablement augmenté la valeur et la beauté de ses domaines. Le Hirschberg (1), qui depuis plus d'un siècle ne produisait rien, se couvrit de bouleaux. La colline de Dohlen qui était nue et dépouillée de végétation, reçut des

(1) Montagne de Hirsch.

plantations de pruniers qui donnèrent à la longue beaucoup de fruits. Le chemin qui traversait la contrée et que les pluies de l'hiver rendaient impraticable, fut remplacé par une belle chaussée; un marais d'environ vingt arpents fut désséché peu à peu, et des arbres croissent aujourd'hui là où il n'y eut longtemps que des eaux infectes.

Les deux époux, satisfaits de leur sort et sans cesse occupés de leurs travaux, heureux de tout le bien qu'ils peuvent faire, maîtres d'une fortune que personne ne leur envie parce qu'ils en font un noble usage, aimés et respectés de leurs voisins, chéris de tous leurs parents, et du bon M. Weber qui de temps en temps vient passer chez eux quelques semaines, bénis par les pauvres auxquels ils donnent du travail et des secours, ont déjà passé plusieurs années dans la pratique de toutes les vertus et dans la jouissance des biens qu'elles produisent.

UNE

ÉDUCATION SÉVÈRE.

Fortia fortibus creantur.

Pour donner un aliment utile à la vivacité naturelle de son fils, M. De la Motte crut devoir l'appliquer de bonne . heure à *l'étude.* Cet homme respectable, père de huit enfants, regardait comme le *premier de ses devoirs* de veiller par lui-même à ce qu'ils fussent bien élevés. Ses soins ne furent pas infructueux. Tous lui donnèront de la consolation, sans qu'aucun d'eux lui eût occasionné le moindre chagrin. L'éducation que reçut le jeune Louis, n'eut rien de la mollesse et de la frivolité de celle que reçoit aujourd'hui notre jeune noblesse au coin des foyers paternels. Dès l'âge de sept ans, et quoiqu'il fut d'une complexion fort délicate, on l'obligeait à se lever de grand matin pour satisfaire à ses devoirs scolastiques, et aller ensuite en classe. Il lui était venu, pendant un hiver, une incommodité aux jambes, qui l'empêchait de marcher et de se rendre au collége ; M. De la Motte l'y faisait porter, soir et matin par un de ses domestiques.

Quelle mère, aujourd'hui, n'accuserait pas un tel père de cruauté ? Ce fut cependant par cette éducation si éloignée

de nos mœurs actuelles, ce fut par une continuité d'exercices utiles, et par l'usage d'une nourriture simple et commune, que M. De la Motte parvint, contre toute apparence,
à former à son fils une constitution saine et robuste, qui le
rendit capable de soutenir dans la suite le poids des plus
grandes fatigues, et jusqu'à la plus extrême vieillesse.

Le jeune Louis, au caractère vif et bouillant qui le distin-
guait de tous les enfants de son âge, joignait des inclinations
nobles et généreuses. Il était très capable de faire des fautes, il en faisait même assez souvent; mais il ne savait ni
les pallier par artifice, ni les couvrir par un mensonge : il
avait le courage de les avouer sans détour; il ne mentit jamais. Comme on l'avait accoutumée de bonne heure à ne
faire sa volonté que lorsqu'elle était *conforme à la raison*, on
ne le voyait ni exiger impérieusement, comme nos enfants
mal élevés, ni demander avec importunité, ni s'irriter et marquer de l'humeur pour un refus. Docile aux avis, prompt à
l'obéissance, il se montrait officieux et complaisant dans sa
famille, doux et honnête envers tous et dans toutes les oc-
casions. Aussi serait-il difficile de dire de qui il était le plus
tendrement aimé, de son père ou de sa mère, de ses frères
et de ses sœurs ou de ses maîtres. Déjà les parents le pro-
posaient pour modèle à leurs enfants, et ceux-ci recher-
chaient à l'envi son amitié. Doué d'un bon cœur et sans expérience encore, il se serait livré à tous sans défiance; mais
son père était d'une attention scrupuleuse à éloigner de lui
tout ce qui eût pu altérer son innocence ou porter la moindre atteinte à ses heureuses inclinations. Il ne sortait jamais
seul de la maison paternelle. Il ne recevait ni ne faisait aucune visite sans être accompagné. On lui avait désigné un
nombre de camarades avec lesquels il lui était permis de
faire société, il n'en voyait point d'autres. Des parents in-
souciants négligent ces attentions comme trop gênantes,
mais un père sage et religieux les regarde comme le premier
de ses devoirs, et le garant du bonheur futur de ses enfants,
auquel le sien est essentiellement lié.

Admis daus la Congrégation des écoliers, établie dans le collége qu'il fréquentait, il y fut d'abord admiré comme un modèle, et bientôt respecté comme un maître. L'esprit des congrégations, chez les jésuites, était d'inspirer le goût et l'émulation de la vertu. C'est dans ces pieuses associations que se formaient un nombre de sujets éminents en piété, qui servaient également la religion et l'Etat, dans la classe des citoyens destinés à donner le ton dans la société.

Le jeune De la Motte était l'âme de sa congrégation par la confiance qu'il inspirait à tous. Si un écolier du collége avait besoin d'un avis salutaire, s'il s'agissait de retirer un camarade des sentiers du vice, ou d'empêcher qu'un autre ne s'y engageât, c'était à lui qu'on s'adressait; c'était à son avis qu'on s'en tenait; et, pour l'ordinaire, c'était lui-même qu'on députait pour ce ministère de charité. Il s'en chargeait de bonne grâce, il le suivait avec prudence, et le remplissait parfaitement bien. Personne, en effet, ne pouvait prêcher plus éloquemment la vertu aux jeunes gens, qu'un jeune homme qui la rendait si aimable dans toute sa conduite. Son abord était prévenant. Une douce gaieté animait ses discours; et, si l'on recevait un avis de sa part, on sentait qu'il partait d'un cœur ami. Il arrivait cependant quelquefois qu'un condisciples ne l'écoutait pas lorsqu'il lui parlait de Dieu; alors, il s'adressait à Dieu pour lui parler de son condisciple; il lui offrait pour lui ses prières, ses communions, toutes les bonnes œuvres dont sa vie était remplie. Il engageait ses amis à faire la même chose; et son zèle, aussi constant qu'il était généreux, triomphait enfin des obstacles, et lui assurait parmi ses condisciples autant de conquêtes qu'il en entreprenait.

LA PLUME D'ARGENT DE JUSTE-LIPSE.

Juste-Lipse (1), un des membres du triumvirat littéraire
de son époque (2), écrivait alors l'histoire des miracles de
Notre-Dame-de-Halle et de *Notre-Dame-de-Montaigu*. Ce pré-
coce génie, qui était déjà auteur de plusieurs poèmes remar-
quables, à neuf ans, c'est-à-dire, à l'âge où les autres enfants commencent seulement à lire, qui, à douze ans, avait
publié des *Discours* où brillait le talent, et qui, à dix-neuf
avait fait paraître un recueil considérable, fruit de ses im-
menses lectures, ce savant professeur, que les princes (3)
allaient entendre avec toute leur cour, et que les rois, les
papes et les cités (4) se disputèrent et voulurent enlever à
la chaire qu'il occupait : cet écrivain renommé, qui donna le

---

(1) Juste-Lipse, en mourant, laissa par testament à Notre-Dame-de-Halle, une
plume d'argent dont on lui a fait présent.

(2) Les deux autres étaient Scaliger et Casaubon.

(3) L'archiduc Albert et l'infante Isabelle son épouse.

(4) Henri IV, Paul V, et Venise.

ton à son siècle, et sur lequel se modela le goût public, consacra ses dernières années (1) à écrire l'histoire des faits miraculeux opérés par la sainte Vierge, dans les sanctuaires vénérés de Halle et de Montaigu.

Voici la traduction des vers dont il accompagne l'hommage de sa plume d'argent à l'admirable Vierge, objet de ses derniers travaux.

« J'ai consacré à Marie cette plume, l'organe fidèle de mes pensées, cette plume qui a volé à travers les plaines de l'air, qui est aussi descendue dans les profonds abîmes de la terre et des mers, et que la science, la prudence, la sagesse ont toujours dirigée ; cette plume qui a osé traiter *de la constance*, et composé des ouvrages sur le droit administratif ou le gouvernement, sur la guerre et l'art militaire, et sur la politique ; cette plume qui a, ô Rome, établi ta grandeur, et qui a commenté et expliqué divers écrits des siècles passés. C'est cette plume, ô divine Marie, que moi, Juste-Lipse, je t'ai consacrée à juste titre, car tout cela a été, d'une part, commencé sous tes auspices, et, de l'autre, tout cela a été achevé sous ces mêmes auspices. »

Cet habile écrivain, ce professeur si renommé, légua aussi, au *Siége de la sagesse*, dans l'église Saint-Pierre, à Louvain, comme témoignage de sa dévotion envers la Mère de Dieu, une magnifique robe pastorale, dont il lui avait été fait présent à lui-même. Quelques esprits malveillants plaisantèrent de cet hommage et le tournèrent en ridicule. Jean Worer, sénateur d'Anvers, prit, dans un ouvrage intitulé : *Justification posthume de Juste-Lipse,* la défense de ce pieux et fervent serviteur de Marie. Feller attribue cette défense au P. Charles Scribani, en disant que cette œuvre est écrite avec autant de sévérité que d'élégance.

---

(1) FONTONI-CASTRUCCI *Istoria della cita d'Avignone.* Venise, Hertz, 1763. II, liv. III, ch. 1, art. 10.

FIN.

TABLE.

L'Orphelin allemand.   5
Une Education sévère.   138
La Plume d'argent de Juste-Lipse.   141

FIN DE LA TABLE.

Limoges. — Imp. E. Ardant et Cᵒ.

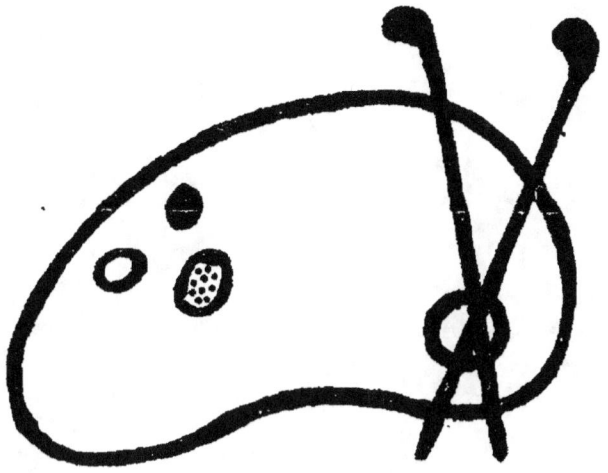

www.ingramcontent.com/pod-product-compliance
Lightning Source LLC
Chambersburg PA
CBHW070801280626
47162CB00016B/1584